Weltfühlung

Milda Pretzell

Weltfühlung

Für Kinder, die wir einst waren
Für Magie des Alltags
Für Mitgefühl

Vorwort

Im Zentrum der Welt ist nicht nichts, sondern ein mit allem verbundenes Herz

„Jeder Mensch ist ein Künstler", hat Joseph Beuys proklamiert.

Genauso können wir sagen: „Jeder Mensch ist ein Held."

Denn sind nicht alle Menschen ausgezogen, um glücklich(er) zu werden? Um einen Schatz zu finden, ein Heilmittel, und dann wieder nach zu Hause finden?

Für Milda Pretzell stimmt auch diese Aussage: „Jeder Mensch hat einen inneren Poeten in sich", denn diese Autorin hat eine einzigartige Art und Weise, das Leben zu betrachten, und sie findet Worte, die uns so zart und doch so eindringlich berühren wie ein Windhauch.

Die Reise, auf die uns das Buch mitnimmt, ist voller Herausforderungen und Versuchungen, voller Gefahren und auch voller Belohnungen, die unaussprechlich sind. Es ist genial, wie das Geflecht, der blaue Faden, der sich durch das Buch zieht, im letzten Kapitel aufgebauscht und vollendet wird wie Leinen, das in der Sonne trocknet.

Milda Pretzell gelingt mit ihrem Buch etwas Außerordentliches: Sie entfaltet Seite für Seite einen hypnotischen Sog in eine längst vergessene „Weltfühlung" hinein, die zeitlos, tiefgründig und bewegend ist.

Sie zieht uns Leserinnen und Leser in den Heldinnenweg einer hochempathischen Mutter von Zwillingen, den wir so nicht erwartet hätten. Sie lässt einen lyrischen Klang ertönen im Alltag einer Mutter, in den sie Szenen bettet, die wohl jede Mutter schon einmal erlebt hat: „Dein Kinderwagen steht im Weg. Die Kinder plärren, du kannst sie wohl nicht beruhigen. Du bist eine Rabenmutter", und vieles mehr.

Ganz unvermutet finden wir uns gemeinsam mit der Protagonistin Laima, der Name entspringt der litauischen Mythologie, Laima gilt als Glücks- und Schicksalsgöttin, was ihren göttlichen Heldinnenweg nicht vor den Unbilden und dem Unglück einer zunehmend kinder- und liebesfeindlichen Gesellschaft bewahrt.

Die Autorin stammt aus Litauen und sie bringt das Geheimnisvolle und Magische in die deutsche Sprache zurück. Sie zieht uns in eine Weltwahrnehmung, die ihre Leserinnen und Leser verändert aus dem Buch hervorgehen lässt.

Mythische Bilder einer Urkraft, einer schon vergessenen Natur und Natürlichkeit wirken ebenso wie Begegnungen mit einem blauen Schaf und einer urzeitlichen Drachin.

Wer sich auf das Buch einlässt, hat sich für die „blaue Kapsel" entschieden, denn das Bewusstsein der Leserinnen und Leser wird erweitert und transparenter, am Ende werden wir die Welt mit anderen Augen erblicken: mit ruhigen, durchströmten, liebenden Augen.

Monika Stolina im Juni 2021

Die Fäden des Lebens

Es ist ein Pfad zurück zu dir,
Es ist ein Pfad nach Hause.
Es will eigenhändig gewebt werden
Wie ein Teppich
Aus aufgehobenen Fäden,
Die aufs Neue geknüpft werden,
Aus Uralten Träumen gesponnen,
Aus den Momenten,
Die in der Gegenwart erblühen.
Und diese Fäden,
Einst gerissen,
Verloren,
Gar vor einem Raub versteckt,
Dürfen sich zeigen.
Sie winden sich wie bunte Regenwürmer
nach einem Sommerregen
Auf den Gehwegen des Alltags
Und flehen dich an,
Endlich aufgehoben zu werden;
Eilen verspielt herbei
Als süßlich kühler Wind des Vorfrühlings.
Und in den Sackgassen der Verzweiflung
Lassen sie sich als wärmende Wolle ertasten
In den dunkelsten Versenkungen der Trauer,
Die uns umarmt auf ihrem Schoß

Und in die Stille hineinwiegt,
Bis die Tränen sich endlich trauen
Zu fließen – die einst gerissenen Fäden
In ihrer untröstlich brennenden Sehnsucht
erstarrt.
Endlich,
Oh, endlich
Wieder verknüpft zu werden!
Und atmen,
Damit die Wärme des Lebens sie pulsierend
durchströmt.

Dieser Pfad ist wohlwollend und sanft zu den heim-
kehrenden Füßen, ist weder perfekt noch vergleich-
bar, eine Vorlage dafür hat es niemals gegeben und
diese Landschaft ist frei von Beurteilungen. Ein
Flickenteppich, mit Händen nackter Herzlichkeit
gewebt in kindlicher Freude. Eigenmächtig. Dort,
am wilden Fluss, unter der Trauerweide sitzt eine
alte Frau und singt für dich das Uralte Lied, das dich
schützt und begleitet, wie ein wärmender Stern. In
den Bäumen, den Knospen und Steinen, in all dem,
das deine Sinne in Stille berührt, da weilen die Ahninnen und beschenken dich mit Ahnungen, so
möge dein Herz im Rhythmus der Erde pulsieren
und singen.

Lass uns diese Fäden borgen,
Anknüpfen,
Weben und gehen,
Dort, zu Hause,
Entfachen wir das Heilige Feuer.
Die Glut schlummert,
Von der Asche behütet.
Lass uns aufbrechen.
Unterwegs sammeln wir trockenes Holz
Heiliger Wälder.

Die Fäden in sich aufspüren

Es war ein dunkler Winterabend. Um den zwanzigsten Dezember herum nahm der Tag erneut den Abschied von der verzweifelten Mutter und übergab sie der Obhut des abendlichen Dunkelblaus, das sogar den vereisten, zertrampelten Schnee mit Behaglichkeit beschenkte. Nun stand diese erschöpfte Frau, namens Laima, vor dem Schlafzimmerfenster und starrte mit leerem Blick in ein Nichts hinaus. Auf ihrem Arm hielt sie ihre neugeborene Zwillingstochter, die zweite schlief im provisorisch umgebauten Familienbett.

Laima weinte heimlich, nur wenige Tränen glitten über die Landschaften ihres müden Gesichts. Ein Wind kam auf und trieb schwere, dunkle Wolken, wie eine träge Schafherde, verdeckte alle Sterne und kam als Schneeregen herunter. Dieser klopfte an die Fensterscheibe, so beharrlich, als ob die Mächte der Natur herüberzukommen versuchten, um die junge Mutter zu stärken.

Jetzt fühlte sie sich besonders verletzlich und schwach wegen ihrer Zartheit, wegen all des Feinen bis Grässlichen, das sie zu durchdringen schien. Jedes abwertende Wort, jeder mit Widerhaken besetzte Blick verletzte sie zutiefst. Ihr Leben war längst zu einer fremden, lauten Stadt geworden, in der Laima gewohnt war, sich, dicht an den Mauern entlang, an den staubigen Häuserfassaden vorbeizuschleichen. Die großen Straßen und Plätze mied sie, um ja nicht aufzufallen in ihrer Absonderlichkeit. In den zermürbten Sackgassen dieser Stadt half sie den Trägsten, den am lautesten fordernden Faulen, versuchte nützlich zu sein. Doch in Wirklichkeit hatte sie Angst, diese Stadtmauern zu verlassen, denn außerhalb würde jemand entdecken, dass sie nichts taugte. So versuchte sie allen, vor denen sie eigentlich weglaufen wollte, zu helfen. Endlich richtig werden das wollte sie, dann würde man sie freundlich behandeln.

Nun hatte sie eins nicht bedacht, sie hatte nicht damit gerechnet, dass ihre Säuglinge ... manchmal ... weinen würden. Und wenn ihre Kinder weinten, gar schrien, fühlte sie sich in ihrem Versteck der nützlichen Unscheinbarkeit ... verraten. Da wurden ihre Kinder zu Sirenen, zu blinkenden Lichtergirlanden, zu Leuchttürmen im zähen Nebel der Hoffnung, unbeachtet zu werden. Und dann kamen sie: die Ratschläge, die Nörgelexperten, die Besserwissenden.

Und Laima war überfordert in ihrer Entscheidung, für wen sie sich zuerst bessern sollte, damit diese Nötigung endlich aufhörte.

Dann diese Ohnmacht, gefangen zu sein, in einer Sachgasse mit Ratschlägen verprügelt zu werden, gar von unbekannten Eindringlingen:

„Lass das Kind doch mal weinen! Das kräftigt die Lunge."

„Die muss lernen, allein zu sein, sonst wird sie zum Tyrannen."

„Wenn sie sich daran gewöhnt, herumgetragen zu werden!"

„Du musst diesen Machtkampf gewinnen."

„Mir hat's nicht geschadet."

„Eine Mutter muss lernen, zu unterscheiden, ob das Kind was braucht, wenn es schreit, oder ob es nur Macht ausübt."

„Die checken das schnell, dass du nach ihrer Pfeife tanzt."

„Zwillinge? Die sollen getrennt sein, sich eigenständig entwickeln."

Sie fühlte sich an einen Marktplatz geschleift, sobald ein Tag aufbrach, erbarmungslos dorthin gezerrt, geschubst, mit Ratschlägen zugeschüttet.

So wünschte Laima sich, an jenem Abend, dieser Sturm möge Pulverschnee bringen, alle Straßen und Zufahrten zuwehen, damit Ruhe einkehren könnte, diese poetische Stille, wenn man keine Angst haben musste, ertappt und berichtigt zu werden. Die Stille, in der das eigene Herz den Rhythmus des Tages vorgab, der gehetzte Atem sich selbst einholen konnte.

Sie wollte unbedingt dem Visier dieser Leute entkommen, die mit Worten allein morden konnten. Ein vor Spott und Verachtung triefendes Buch über die sogenannten Helikoptermütter hatte sie auch schon gelesen. Tödlich, tödlich fühlten sich die Worte an, solche Tiraden würde sie nicht überleben, dachte sie.

Und erst die Fragen, ob sie ihre Kinder überhaupt lieben könne, nach einem Kaiserschnitt. Dazu schwieg Laima und grübelte, es könnte was dran sein, sie war schließlich noch nie gut genug gewesen.

Am nächsten Abend schaukelte Papa die Kleinen in den Schlaf und Laima probierte, zur Ruhe zu kommen, mit einer roten dampfenden Teetasse auf dem Schoß, einer brennenden Kerze auf dem Esstisch.

„Schau, dass es dir gut geht. Wenn es dir gut geht, geht es den Kindern gut, geht es uns allen gut", hörte sie ihren Mann sagen, wie durch eine verdichtete Nebelwand.

Die Stille tat ihr gut, so schaute sie erwartungsvoll aus dem Fenster gen Westen, dorthin, wo die hundertjährige Buche ihre kahlen Äste im restlichen

Abendorange zögerlich ausstreckte, bis es doch hinter dem Horizont in einem Wald versank. Nur ein paar Augenblicke später war die Welt dunkelblau und begann zu fließen, wie ein geheimnisvoll tiefer Wildfluss. Und im Haus fühlte es sich plötzlich stachelig an, voller Gezerre und Rastlosigkeit, überall lagen Träume herum, die in Erfüllung gegangen waren, doch zu sperrig, zu quirlig, zu wild und unkämmbar wie übergroße sonderbare Tiere mit zotteligem Fell und grellen Schuppen, und Laima wusste es nicht, womit sie diese füttern sollte.

Hätte sie es geahnt, wie es wirklich ist, Mutter zu sein, hätte sie es nicht gewagt. Es fing bereits damit an, als das Wunder in ihrem Schoß die Form einer Kugel annahm. Um sie herum entstand ein öffentlicher Platz, wie ein Rathaus, in das Leute ein und ausgingen. Sie grabschten nach ihrem Bauch und fragten, was man so eben fragt, wenn man nach etwas Zeitvertrieb Ausschau hält.

Und als die Zwillingstöchter da waren, kam ihr das eigene Leben vor wie das Ausgeliefertsein in einem namenlosen Bahnhof dieser fremden Stadt, mit Gleisen, zu denen sie durch Zurufe geleitet wurde. Die Schilder an den Gleisen wechselten die Zahlen, deren Reihenfolge war schleierhaft. Vorbeieilende Menschen schubsten sie, schoben sie beiseite. Laima drückte ihre weinenden Töchter an sich und probierte, sie vor der erbarmungslosen Zugluft des Beäugtwerdens zu schützen. Manchmal wurde ihr schwindelig und die klappende und zischende Menge verwandelte sich in einen aufgescheuchten Taubenschwarm, der über sie hinwegflog, ziellos herumkreiste und mit matschigen Ratschlägen kackte. Eines Tages fühlte sie sich so zugeschissen, dass sie zusammenbrach.

Als Laima über diese Bilder zu sich kam, stand sie bereits am Fenster und schaute dem Schneesturm zu, der immer stärker und selbstbewusster wurde, bis er in den Ästen der Buche wie das wildeste Orchester tobte. Laima ging ins Schlafzimmer und blieb in der Tür staunend stehen. So, als ob sie ihre Liebsten das erste Mal zu sehen bekäme: Ihr Mann schlief zwischen den zwei Babys und die beiden Katzen am Fußende – viel Platz war nicht da, aber es war genug und es war stimmig so. Laima näherte sich ganz leise diesem schlafenden Wunder an und roch an den ersten Locken ihrer Tochter, sie atmete diesen kostbarsten Duft der Erde ein und die Staudämme hinter ihren Augen brachen: Sie weinte los und schaute aus dem Fenster, die Nacht war hell. Laimas Tränen fühlten sich mit dem ruhigen Schnee so vertraut. Ganz behutsam streichelte sie die Tränen von der Wange und ging nach draußen und in sich.

Der frische Schnee, den ihre müden Füße betraten, war still und einladend, wie ein riesiger Bogen Aquarellpapier, knirschte unter ihren Füßen und lud in die Nacht ein. Der Mondschein ließ die weiße Schneekraft erahnen, so zuckte die Hoffnung zusammen und streckte ihre verkrampften Fühler aus: Mit diesem neuen Blatt, das ich jetzt betrete, werde ich alles besser machen, endlich richtig sein, ich strenge mich nur ein bisschen mehr an – und diesmal schaffe ich das.

Laima betrachtete ihren eigenen Schatten – langgezogen, verzerrt, zerbrechlich, haltlos, schräg war er – und schaute zur beinahe kugelrunden, sanft leuchtenden Kugel hinauf.

„La Luna", lächelte eine Erinnerung auf Laimas Lippen. Schon als Kind hatte sie es geliebt, ihrer ureigenen Weltfühlung passende Worte zu schenken, und „La Luna" war für sie eine gütige Frau, die sie Abend für Abend begleitete, egal, wohin sie durch die samtige Dunkelheit wanderte: Sie war immer dabei.

„Ist sie zu- oder abnehmend?", fragte sich Laima und nahm sich vor, ihre „La Luna" abends wieder zu beobachten. Sie betrat die verschwiegene Wiese mit grob gestutzten Obstbäumen, die ihre Wunden und Knospen dem Winter zeigend schliefen, und blieb vor einer verlassenen Scheune stehen: das verwitterte Holz, die bei den letzten Stürmen angehobenen Ziegelsteine waren nicht begradigt, die paar Fenster zugenagelt, das Tor jedoch offen, morsch und verkeilt. Im Inneren waren Konturen ausrangierter Geräte zu erahnen, es roch nach Kälte, Verlassenheit und einem wilden Tier. Auf ihren Spaziergängen mied Laima diese Scheune, ihre Beine umgingen sie selbstständig, wie in Trance, doch heute wollte sie sich herantrauen und war überrascht von den Gemeinsamkeiten. So streichelte sie die Tür wie eine alte Vertraute, küsste sie, hauchte sie mit ihrem warmen Atem an und entfernte sich – in Gedanken versunken – wie vom Grab eines Seelenverwandten, dessen Tagebücher sie einst auf einem Speicher eines verlassenen Hauses entdeckt und gelesen hätte.

Laima fühlte sich endlich verstanden, und das Mitgefühl, das sie für die Scheune empfand, berührte sie selbst und ließ zum ersten Mal spüren, wie wohltuend es ist, in sich selbst zu atmen – in einen warmen, lebenden Raum.

Eine bauschige Wolkendecke legte sich auf den Horizont und der eisig zarte Wind zupfte von ihrem Saum kleine Stücke ab, formte daraus Schäfchen und ließ sie am Mond vorbeiziehen. Das erinnerte Laima an ihre sorgenfreien Momente aus ihren Kindertagen, so blickte sie mehr hinauf als herab, während sie auf den Mond zulief. Doch dann, von rechts, huschte mit dem Wind etwas Dunkles, wie ein größeres Lamm, durch den frischen Schnee auf sie zu. Als ob ein Stück von der schwersten, dunkelsten Stelle der Wolke herabgefallen wäre. Die hellen Wolkenschafe eilten durch den Himmel zum Mond und das Dunkle lief auf der Erde zu ihr. Laimas Beine und etwas später auch der Atem blieben stehen, sie fürchteten sich vor diesem Wesen und doch pochte das Herz erwartungsvoll. Das Wesen stampfte durch den Schnee, in einem verträumten, leichtfüßigen Zickzack, mit gesenktem Kopf, schien es eine Spur zu verfolgen und Laima konnte sehen, dass das Tier zu länglich und zu kurzbeinig war für ein Schaf. Als sie die Umrisse eines langen buschigen Schwanzes sah, war ihr klar: „Es ist ein Fuchs!"

Der Fuchs kam aus der Windrichtung und konnte Laima nicht riechen. „Ein Fuchs! Was für ein großer Fuchs! Die Füchse sind doch so groß!", lachte Laima in sich auf. Damals, da war sie noch ein Kind, als sie zum ersten Mal einen Fuchs sah; einen wunderschönen großen Fuchs, der durch die Wiese vom Hühnerstall der Nachbarn Richtung der Böschung am Fluss rannte, beinahe flog, als pure, im gelben

Licht des Sommernachmittags orange leuchtende Lebendigkeit. Keine Spur vom Bravsein. Ein Huhn trug er nicht bei sich, kein Hundegebell – der Fuchs lief aus Freude am Laufen.

„Nein, das war kein Fuchs", berichtigten die Erwachsenen sie damals. „Das muss ein Hund gewesen sein. Füchse sind kaum größer als eine Katze", wurde Laima das ausgeredet, was sie selbst gesehen hatte.

„Doch, das war ein Fuchs, ein großer Fuchs!", begann Laima damals zu weinen und stand wieder als Lügnerin auf ihrer einsamen Insel, die sich bald wie eine Bedrohung anfühlte. Wenn sie auf der immer kleiner werdenden Insel ihrer eigenen Wahrnehmung blieb, bedrohte sie die Einsicht, zurückgelassen zu werden. Von allen. Für immer. Die Wellen peitschten zunehmend größere Stücke Erde von der Insel fort, der Sturm riss ihren letzten Windschutz nieder und das trübe Wasser stieg zusehends. Daher verließ Laima ihre Insel und betrat mit durchnässten Füßen das Festland der sogenannten anderen. Festland, das ihr Anschluss, Zuwendung und Überleben versprach ...

„Und die Füchse sind *doch* so groß!", bebte es in Laimas Körper und so kam es, dass sich unter ihren Füßen ihre Insel erhob, ihre Insel! So groß war sie: Sie reichte vom Mond bis zum Horizont, auf dem die Wolkendecke lag. Keine zwei Meter entfernt, da blieb der Fuchs stehen, hob den Kopf und die beiden starrten sich an. Sekunden? Stunden? Ewigkeit? Es war schmerzlich, wie ein eingeschlafener Fuß, der sich zu bewegen begann, nur, dass die Schmerzen am ganzen Körper kribbelten. Aus Laimas Augen blickte die kindliche, verzückte Freude und zündete im Himmel Millionen Sterne an und der Fuchs wartete ab, bis diese Freude Körper annahm und mit Wärme die Adern der jungen Mutter flutete, die an sich selbst verzweifelt war und sich mit der Frage quälte, warum das Leben zu ihr so kalt war.

Laima atmete auf, der Fuchs atmete weiter, die Wolkenschafe wurden immer größer und schneller, bis die kuschelige Wolkendecke sich über „La Luna" schob. Der Fuchs lief zur Scheune und verschwand im schwarzen Türspalt.

„Die Sterne leuchten auch hinter den Wolken!", rief Laima den gestutzten Obstbäumen zu und niemand schimpfte mit ihr, niemand war da, um ihre ureigene Wahrheit in Frage zu stellen.

Der Faden des Wassers

Der Winter sickerte langsam in die Erde zurück, nur hier und da, unter schattigen Hecken, ruhten die letzten, ergrauten Schneereste aus, um bald auf die Reise zu gehen. Laima streichelte ein solches Stück Schnee zum Abschied, ging ins Haus und blieb in der Küche stehen. Ihr erschöpfter Blick eckte an dem in die Jahre gekommenen Kühlschrank an, der immer lautere Brummgeräusche von sich gab – da er langsam kaputt zu gehen schien, war seine Tiefkühltruhe bereits ausgeräumt. Vor ein paar Wochen schon. Beim Ausräumen wurden längst vergessene oder auch nicht mehr definierbare Speisen gefunden. Manches war in der Vergangenheit eingefroren worden, weil es einfach nicht geschmeckt hatte – aber es zu entsorgen, wäre beschämend gewesen. Laima öffnete die Kühltruhe, obwohl sie wusste, dass diese leer war, und fand dicke Schnee- und Eisschichten an den Wänden und an den Kühlgittern. Dieser Anblick ergriff ihr Herz und sie blieb stehen. Etwas längst Vergangenes flimmerte vor ihren Augen, auch glaubte sie, alte Kinderreime zu hören, vorfreudiges Hundegebell und gackernde Hühner ... und den Schmerz, als ihr Hund mit Absicht angefahren wurde. Alles, was nicht mehr hier sein sollte, in ihrem Leben, das richtig zu sein hat ...

Als sie zu sich kam, spürte Laima eiskaltes Wasser, mit dem sich ihre Kuschelsocken vollgesaugt hatten, und fühlte sich wie eine Trauer, die zu Fuß aus der Verbannung heimgekommen war.

Die Kühltruhe war aufgetaut, und Laima ließ die Tür auf.

Etwas in ihrer Seele wandelte sich, es wandelte sich wie dieses Wasser, das in erstarrter Form eingefangen war. Das Wasser der Kühltruhe floss und Laimas Trauer tropfte unaufhaltsam, heiß und salzig, so salzig wie das Wasser der Ostsee, in der sie als Kind so gerne gebadet hatte. Diese Wasser mischten sich und wurden zur Quelle. Quelle, die in den heiligen Kreislauf des Lebens zurückgekehrt war. Und diese Quelle brachte ihr einen Hauch der salzigen Kiefernluft des Sommers - und die Ahnung von den Träumen, die sie als kleines barfüßiges Mädchen mit dem Zeigefinger ihrer linken Hand in den feuchten Sand der Ostsee hineingemalt hatte als geheimnisvolle Hieroglyphen. Die Wellen hatten damals die Träume abgeholt und schaukelnd behütet.

Der Faden des Feuers

„Na, sind die aber süß – doch ohne Schnuller seid ihr schöner! Zeigt euch mal!", griff die forsche Unbekannte in den Kinderwagen hinein und schon weinte die Kleine. Laima war zwar im Schock, ihr Instinkt aber schob den Kinderwagen ein paar Schritte vor, und sie begann bei der erbosten Dame um Verständnis zu wimmern:

„Wissen Sie, sie haben etwas Angst, wenn Fremde ihnen so nahe kommen."

„Was?! Ich habe fünf Kinder großgezogen und ich sage Ihnen was! Wenn Kinder solche Angst vor Fremden haben, ist die Mutter schuld!"

Die Freundinnen dieser Dame, die am Nachbartisch der Eisdiele saßen, klinkten sich ein, peitschten Laima mit boshaften Blicken und beschämten sie: Wie konnte sie nur mit einer so erfahrenen Mutter und Oma reden!

Laima sprang auf, bezahlte an der Theke, an der eigentlich nur das Eis zum Mitnehmen verkauft wurde, und stürzte mit dem sperrigen Kinderwagen nach draußen.

„Was müssen die mit ihren Scheißwagen alles verrammeln!", keuchte eine alte Männerstimme und ließ die Tür vor der Mutter zuknallen.

Erst im Park, direkt am Fluss, unter einem Baum mit herabhängenden Ästen versteckt, begann Laima zitternd zu weinen, aber innerlich war sie auf der Flucht. Sie lief davon und auf einen Bergrücken zu, sie war am Ersticken an diesen Ratschlägen, die ihr wie qualmende Fackeln ins Gesicht gerieben wurden. Sie lief davon, in das Nichts, das seine beängstigende Gestalt mehr und mehr verlor. Sie lief ins Nichts und in diesem Nichts war die Erde ausgetrocknet, ergraut und zerrissen wie ungeliebte Haut, manche Fetzen waren an ihren Kanten nach außen gewölbt, solange schon hatte es hier kein Wasser mehr gegeben.

Laima blieb kurz stehen, um zu verschnaufen, denn die schlafenden Kleinen wurden auf dem Arm mit jedem Schritt schwerer. Plötzlich ertönten Ruffetzen, sie ließen sie aufhorchen wie eine Rehmutter an der Waldlichtung – ängstlich und vertrauensvoll zugleich – vertrauend, den schützenden Wald zu finden. Ruffetzen, die ihr ein seichter Wind warnend zutrug. Und sie schmiegte sich fester an ihre Töchter heran und lief weiter, sie lief in das Nichts, das ihren nackten Füßen schmerzte und die Haut schürfte.

„Nicht genug! Nicht genug!", hörte sie die Meute hinter sich rufen – eine Treibjagd auf sie war eröffnet.

- Nicht genug bemüht!
- Nicht genug gestillt!
- Nicht genug getragen!
- Nicht genug das Kind allein gelassen!
- Nicht genug die Lunge gekräftigt, durchs Schreienlassen!
- Nicht genug windelfreie Zeit!
- Nicht genug frühkindlich gebildet!
- Nicht genug im eigenen Bettchen schlafen gelassen!
- Nicht genug im Familienbett!
- Nicht genug vom selbst gekochten Brei gegeben!
- Nicht genug Gemüse selbst angebaut!
- Nicht genug Struktur!
- Nicht genug Natur!
- Nicht ordentlich genug am Tisch!
- Nicht genug Freiheit!
- Nicht genug Ordnung!
- Nicht brav genug!
- Nicht genug Holzspielzeug!
- Nicht genug Disziplin!
- Nicht genug Attachment Parenting!
- Nicht genug Grenzen gesetzt!
- Nicht genug freies Spiel!
- Nicht genug gebastelt mit den Rollen vom Klopapier!

– Nicht genug! Genug! Ug!

Sie stolperte und fiel hin, ihre Kinder konnte sie schützen, indem sie aus ihrem Körper eine Mulde formte, aber ihre Knie brannten vor Schmerz. Laima bemühte sich aufzustehen, doch sie blieb vor ihren schreienden Töchtern knien. Sie hatte sich so stark die Knie aufgeschlagen, dass das Blut in unzähligen Rinnsalen nur so herabströmte, es umwob die Waden, passierte die Knöchel und tropfte über aufgeschürfte Füße und über aufgeschlagene Zehen in den Boden.

Das dunkelrote Blut bildete kleine, nach oben gewölbte Pfützen, weil die Erde so trocken war, dass sie vergessen hatte, wie das Aufnehmen ging. Und doch, sie, die Erde, begann sich daran zu erinnern und öffnete sich Staubkorn um Staubkorn für das Blut, das sich in sie versenkte wie in eine lang ersehnte Umarmung.

Die verkrustete Erde weichte auf und ihr ermüdetes Grau wurde schwarz – rabenschwarz, schoßraumschwarz, höhlenschwarz, katzenmutterschwarz. Und dieses Schwarz war so schwarz, dass es alles beinhaltete. Es war ein tragendes Schwarz und haltendes Schwarz, ein Schwarz, das alles in sich behütete. Behütete, hielt und nährte und wandelte: das Tote ins Lebende. Das schwärzeste

Schwarz der Neugeburt. Laima legte sich zu ihren Töchtern, ihre Körper entspannten sie das erste Mal in ihrem Leben und sie begann zu weinen. Sie weinte, schluchzte und schrie – und sie schrien und brüllten zu dritt in den Schoß der Erde hinein, doch das Brüllen verlor sich nicht in einer Leere, es wurde aufgefangen und begann sich zu rekeln. Es beruhigte sich, so richtete Laima sich auf und nahm ihre Töchter auf den Schoß. So lange hatte sie sich vor dem Nichts gefürchtet, und ausgerechnet hier erlebte sie Halt. So lange hatte sie Angst gehabt – zu versagen, zu fallen, auf dem Boden zu liegen, und ausgerechnet auf dem Boden liegend begann sie sich selbst zu erspüren. Aus ihrem Blut, ihrer Muttermilch und dem trockenen Staub hatte sich schwarze Erde gebildet, so saß sie auf dem Mutterboden und stillte ihre glucksenden Töchter, die das erste Mal im Leben schmatzten.

Plötzlich eilte ein Windhauch herbei, berührte erst ihr wallendes Haar, dann ihren Rücken und schließlich erreichte er ihre Ohren mit einer Warnung: Der Mob näherte sich, die Rufe kratzten und juckten auf der Haut, die endlich wieder spüren konnte.
Laima vernahm ein Gefühl, das sich zuerst als eine zaghafte Ahnung im Atem zeigte, das dann mit einem Druck aus ihrem Schoßraum aufstieg, den

Bauch mit Macht füllte und sich zu einer Gewitter-wolke formte, die dröhnend den Rachen hinauf-wallte.

Das war ihre Wut! Wie? Ist sie nicht tödlich?! Dieses Beben breitete sich über ihre Lippen über die ganze Haut aus und sie spürte, dass ihre Wut ihre Verbündete war. Laima floss und Laima bebte, und die Erde, die ihr Schwarz wiedererlangte, be-gann ebenfalls zu beben und ein kahl geschlagener Bergrücken riss vor ihren Augen auf. Etwas Mutter-milchweißes schlüpfte aus dem Schwarz heraus. Es war glatt, wie Engerlinge, und doch schimmer-te es wie ein Fisch. Laima sah ahnend zu, ahnend, dass diese lebendige Wesenheit überaus groß sein würde. Steine, Erdklumpen und Geäst plumpsten zur Seite, Büschel längst vertrockneter Pflanzen und auch bizarre Gebilde aus abgestorbenen Baum-wurzeln wurden an die Oberfläche befördert.

Obwohl Laima sah, dass diese Wesenheit mäch-tig groß war, spürte sie keine Angst und ihre Glieder blieben weich. Sie begann, sich gleichzeitig mit die-ser Wesenheit aufzurichten. Die Wut gab ihr ihre Kraft zurück.

Als Laima zu diesem Wesen aufschaute, erbebte ihr erschöpfter Körper vor Ehrfurcht: Vor ihr hockte eine mächtige muttermilchweiße Drachin mit funkelnden bergseegrünen Augen. Ihr feiner

Kopf mit eleganten Hörnern, ihr recht langer Hals, ihre Vorderbeine mit pinkfarbenen Krallen und ein rundlicher Rücken waren aus der Mulde umgewälzter Erde zu sehen. Die Drachin spreizte ihre Flügel und streckte sie, wie eine Katze sich nach einem Nickerchen streckt, nur schien das Nickerchen dieser Drachin sehr lange gedauert zu haben. Der restliche Körper war zwar nicht zu sehen, doch Laima schätzte die Größe der Drachin auf vier ausgewachsene Elefantenkühe.

Laimas Töchter mochten die Drachin sofort und bestaunten sie mit weit aufgerissenen Augen, wie eine liebe, lang nicht gesehene Großtante. Die Drachin zuckte leicht, kaum merkbar, legte ihre Ohren sanft an und kniff ihre Augen etwas zusammen, ihre Nüstern weiteten sich, als sie den Kopf in die Richtung drehte, aus der Laima mit ihren Töchtern geflohen war. Einige Augenblicke später hörte Laima es ebenfalls: Der Mob war tatsächlich im Begriff, ihr zu folgen. Laima griff ihre Töchter und eilte einige Schritte weiter, doch sie blieb stehen, als die Drachin zuversichtlich zischte. Als die ersten Verfolger die ausgetrocknete Fläche betraten, richtete sich die Drachin auf ihren kräftigen Hinterbeinen auf, breite ihre gewaltigen Flügel aus, flatterte ein paarmal so, dass der aufbrausende Wind die Verfolger stoppte.

Dann beugte sie ihren langen Hals wie einen schützenden Bogen über die drei Geflüchteten und spuckte eine Feuerwalze zwischen sie und die im Schock erstarrte Menge. Das karg verstreute trockene Gestrüpp fing Feuer, und als das Feuer wieder erloschen war, waren die Feiglinge weggelaufen. Ihre Spießigkeit, Vorwürfe, Rechthaberei, Langeweile und Erwartungshaltungen lagen da und wurden von bunten, strahlend weißen und schwarz schimmernden Vögelchen aufgepickt, die aus dem Wald herbeieilten. Ein fröhliches Gezwitscher ballte sich zu einer lebendigen Symphonie, die bis zum Himmel erklang.

Laima begann zu lachen und die Kleinen glucksten in ihren Armen. „Das sind Herzensträume. Sie kehren zurück", flüsterte die Drachin Laima ins Ohr, hauchte sie warm an und stupste sie zärtlich am Hinterkopf.

Die Drachin streckte sich, zeigte ihre prächtige Größe und stieg langsam aus der Mulde wie aus einem Nest, beugte sich und Laima verstand die wortlose Einladung, hinaufzusteigen. Dann gingen sie Richtung Wald, aus dem die Vögelchen der Herzenswünsche gekommen waren. Laima ritt auf einer Drachin! Jede Bewegung der einen übertrug sich auf den Körper der anderen: diese Macht, diese Zartheit, das Wissen um die Elemente, aufmunternde Erinnerungen und ganz viel Zuversicht. Den Kleinen gefiel es auch, von so viel beschützender Macht geschaukelt zu werden, so waren sie eingeschlafen.

Bald blieben sie vor einer Höhle stehen, deren Eingang eng war. Als Laima mit ihren auf dem Arm schlafenden Töchtern wieder auf der Erde stand, bestaunte sie die vielen Grüntöne der Bäume, Pflanzen und Moose. Es zwitscherte, rauschte, summte und quakte. In der Nähe war wohl ein See.

Laima drehte sich zur Drachin, doch sie war nicht mehr dort – an ihrer Stelle stand eine alte, schlanke Frau mit langem, weißem Haar und einem bodenlangen weißen Kleid mit feiner Spitze am Saum. In ihren funkelnden bergseegrünen Augen sah Laima das Leben. „Kommt", sprach die Alte mit der Stimme der Drachin und verschwand in der engen Felsspalte.

Laima musste sich etwas an den Wänden entlangstreifen, doch dann erklang eine gütige Flötenmusik, und sie standen plötzlich im runden, mit Fackeln beleuchteten Raum. Sie sah ihre Ahninnen an feinen Vogelknochenflöten musizieren, und es begann in ihrem ganzen Körper zu zucken. Kalkkrusten sprangen von Laimas Herzen ab, als unzählige Frauen – dicke und dünne, alte und junge – auf sie zukamen, sie umarmten und die winzigen Locken der Töchter liebevoll streichelten:

„Da seid ihr wieder, da seid ihr, wie schön, dass es euch gibt!"

Die Mädchen wachten ausgeruht auf, die Heimkehr tat ihnen gut. Von den Frauen umarmt, saß Laima im weichen Sessel und legte ihre Töchterchen gleichzeitig an. Sie tranken und saugten – von tanzenden Schatten und sanften Klängen umspielt – das pure Leben auf.

Plötzlich platzte etwas von Laimas Hals ab und erklang metallisch, während es zum Steinboden fiel. Eine alte Frau hob es auf und legte es in Laimas Hand: eine Öse.

Eine rostige, grob gefertigte Öse. Sie roch nach Selbstaufgabe, Opferung, Mühe, richtig zu sein. So richtig, dass die boshaften Menschen sie nicht mehr zu bestrafen brauchten. „Ja", staunte Laima mit zitternder Stimme, „ich hoffte, wenn ich nur alles richtig mache, als zuvorkommende Magd herbeieile, wenn ich mich in einen Lappen verwandle und das ganze Leid der Welt aufwische, dann, dann lassen sie mich in Ruhe und beschämen mich nicht mehr, es ginge so einer, wie mir, zu gut."

Da, an der Öse, ertastete sie Reste eines muffigen Strickes. Nun staunte sie:

Wie? Hat der Geruch meiner Bemühungen, richtig zu werden, sie angelockt? Sie wollten mir nur helfen, meine Einzigartigkeit, meine Erinnerungen an *meine* Träume loszuwerden? Damit sie selbst ungestört weiter funktionieren konnten? Gar ungestört in ihrer modrig miefenden Bequemlichkeit bleiben konnten? All diese Schmerzen, all diese Opfer nur dafür?!

„Lass die Öse hier, meine Urtochter", sprach eine Greisin mit leuchtend roter Mohnblume im silbrig schimmernden Haar zu Laima, „wir haben sie unseren Töchtern und den Töchtern unserer Töchter vererbt. Wir wurden von den fremden Kriegern gezwungen, bis wir uns selbst zwangen, und wir zwangen die, die wir gebaren. Hier verfällt diese Öse zur Erde, die sie einst war. Eine schwarze fruchtbare Erde, die unsere friedliche Heimat ist."

„Wir sind deine Ahninnen und sprechen durch Ahnungen zu dir", erzählten die Frauen zum Abschied.

Laima ging zurück und trug ihre zufriedenen Töchter, die so leicht waren wie eine Daune des blauen Herzenswunschvogels. Als sie wieder die Brachfläche betrat, wurde sie von der summenden Wildblumenwiese begrüßt, anstelle der Mulde der Drachin grub sich ein frecher Wildbach seinen Lauf. Denn dort, wo sie damals zusammengebrochen war, Blut und Milch verströmt hatte, war aus dem Boden eine Quelle entsprungen und murmelte heiter: „Ich war immer hier, nur gestaut und zugeschüttet."

Laima hörte plötzlich vergnügtes Geschrei tobender Kinder, davon wurde ihr schwindelig. Sie legte ihre Töchter behutsam ab, tastete die Luft nach einem Halt ab und erklomm einen dicken Baumstamm. Als sie zu sich kam, war sie wieder im Park. Sie stand am Fluss und hielt sich am Stamm einer alten Trauerweide fest – „eine Trauerweide", murmelte Laima die Rinde liebevoll abtastend. Sie liebkoste mit ihren belebten Händen die bodenlangen, feingliedrig belaubten Zweige, streichelte die Weidenkätzchen. Ganz behütet in einem magischen Versteck. Laima atmete auf, und die Lunge sog die Luft der Zuversicht ein. Eine Leichtigkeit tänzelte auf den Augenlidern, auf dem Kinderwagen schimmerte eine dunkelblaue Feder. Die Kleinen schliefen lächelnd.

„Richtig, rachtig, ruchtig.

Frichtig, fragdich, fruchtig.

Ach, die können mich mal", trällerte Laima fröhlich und schob den Kinderwagen leichtfüßig nach Hause.

Der Faden der Erinnerung an die eigenen Träume

In einer Mainacht, von „La Luna" begleitet, betrat Laima den Wald, der von den nächtlichen Wesen in den Schlaf geraschelt wurde. Ihr Zögern ließ diesmal alle Ausreden fallen und folgte ihr mit der erleichternden Nachricht ins Unterholz: Sie webt eigene matt schimmernde Muster in zartdunklen Farben, sie summt und trällert eigene Melodien, sie lässt ihre verpuppten Träume die Wandlung vollenden und losfliegen, denn die Vollendung bringt Fülle!

Laima sang und der Wind rauschte den Refrain in den Baumwipfeln. Laima kehrte in die magische Welt der Poesie zurück. Sie war da, zog sich ihre Schuhe aus und ihre nackten Fußsohlen erinnerten sich daran, wie es war, über Moos zu streifen und in den Pfützen zu hüpfen.

Sie träumte wieder davon, mit allen Wesen der Erde gemeinsam am Klangteppich zu weben, aus dem die Welt besteht und der die Welt auch trägt, aus den schönsten Träumen, aus Poesie und zartmächtiger Zuversicht, tief und ruhig atmender Schönheit. Und sie spürte, dass ihre Träume aus Baumrinde gewebt waren, aus Tannenzapfen und Steinen, aus reifen Lindenblüten, die Pirouetten tänzelnd auf die Erde landen, und aus mit Flechte geschmückten Stöcken, die nach einem Sturm zu Füßen liegen, aus allem, dessen Rufe Kinderhände hören können. Aus ureigenem Zauber, aus ureigenem Klang, den Kinderfingerkuppen so leicht ertasten können.

So erzählten die Sterne, dass unsere grellsten Träume in Wirklichkeit unsere Erinnerungen sind. Erinnerungen daran, dass alles schon da ist. Genauso, wie sie es als Kind entdeckte und mit offenem Mund bestaunte. Mit dem Mund, der so gerne sang. Sie spürte, dass ihre Hände gut waren, gut, um das Leben zu halten, dem Fluss des Lebens heilige Ufer zu formen – sanfte, abflachende Ufer, an deren Säumen Rehe wie Igel bequem trinken konnten, mit sandigen Bänken zum Sich-in-den-Armen-der-Muse-Ausruhen. Mit all den Geschenken, diesen magischen Augenblicken und sanften Berührungen, die dieser Strom so behutsam und zuverlässig mit sich trug – je ein Geschenk pro Augenblick. Wie diese Wolkenbilder, die immer anders, immer einzigartig und doch vertraut sind in Zuversicht, dass immer wieder welche am Himmel erscheinen werden. Und manche Wolke flüsterte: „Schau hoch zu mir, ich bin`s, die Pfütze von gestern! Es hat so Spaß gemacht, wie du mich getanzt hast! Heute begleite ich dich und wir reisen gemeinsam weiter!"

Der Faden des eigenen Willens

Ein Spaziergang für Mama allein. Als Laima am nebeligen Morgen in den Waldweg hineinbog, begann es in ihren Ohren zu rauschen, zu pfeifen, es zischte so, als ob die Gesprächsfetzen Hunderter Leute ihre Ohren überflutet hätten. Dort, wo der geteerte Teil des Weges endete und der mit den Blättern des letzten Herbstes gepflasterte Schotterweg begann, blieb Laima stehen und spürte ganz deutlich in ihrem Körper, dass ihr eigenes Leben zu jenem namenlosen Bahnhof verkommen war. Mit all den Gleisen, die über ihr Herz ausgefurcht wurden, mit all den vor sich selbst weghuschenden Menschen, mit all den herausgerissenen Wänden, den Hautstückchen, die sie selbst von ihrer Haut herunterkratzte, um nicht zu vergessen, dass das Essen, das ihr auf fremden Tellern vorgesetzt wurde, ihr nicht bekäme.

Während sie in sich hineinspürte, begann es zu knacken, zu klirren, zu knirschen, und der mit Spucke und zertretenen Kaugummis beklebte Bodenbelag aus verfremdetem Beton begann aufzuplatzen: Erst bildeten sich winzige Risse, die sich zu Spalten ausdehnten, aber nicht bedrohlich, denn daraus sprießten zartgrüne Keimlinge empor. Ein Wind kam auf und Laima schien es, als sei er ihr

Wille, der als flaues Lüftchen tatenlos durch ihre Augen entwiche. Durch die Augen, die seit Jahren sahen, schauten, zusahen, durchschauten und verbitterten daran: der Mund blieb geschlossen, die Beine starr und die zur Tatenlosigkeit verdammten Arme hingen herab wie morsch werdende Äste, denen Lebenssaft vorenthalten wurde. Der Wille entwich wirkungslos durch die Augen. Doch jetzt erinnerte er sich, verdichtete sich zum Wind und riss sich fort, flog kräftige Schleifen in den Baumwipfeln, dann schloss er den Nebel in die Arme und stieg gemeinsam mit diesem zum Himmel hinauf.

Der Wille kugelte den zähen Nebel zu bauschigen Wolkenkissen, bis sie so saftig wurden wie Blaubeeren, die zu tropfen beginnen. Und sie regneten, bis all die durstigen Bodenspalten getränkt waren und überfüllt und überschwemmt mit schwarzem Schlamm, aus dem die frisch gebadeten zartgrünen Keimlinge gespannt leuchteten und mutig emporspähten.

Laima staunte über ihre nackten Füße in einer trüben Pfütze und als sie sich umsah, waren alle weg: die Leute, die Tauben, das Geschrei, die Durchsagen. Sie alle verblassten in der Ferne. Eine so verwilderte Frau war uninteressant geworden. Und die Stille kehrte zurück. Stille, die kein Verstummen mehr war.

„ES IST NICHT DEIN LEBEN. DAS LEBEN BIST DU", erklang ein Feuer-Koshi aus entgegengesetzter Richtung, in der die Menge verschwand. Laima fasste ihre glühenden Wangen an, rieb kribbelnde Waden, dann das pochende Herz: „Ich lebe!"

Ihre Pfütze wurde zum Rinnsal, das Wasser gab den fruchtbaren Schlamm der Erde zurück, klärte sich und floss heiter fort. Das Rinnsal wurde zum Bächlein und schlängelte sich wie eine Blindschleiche durch den angekündigten Sommer. Laima folgte ihm zwischen den saftgrünen Büschen, durch Unterholz, an den jungen sanft geweißelten Birken vorbei, so betrat sie den Wald, wo der Bach zum Fluss wurde.

Hier erkannte der Fluss sein ausgetrocknetes Flussbett wieder und nun umspülte die Wiedersehensfreude die mit Moos bedeckten Findlinge und mündete in seiner Aue. Die alte Biberburg war noch da, und die Aue war dankbar für das frische Wasser. Aus der Aue schlängelte sich der Fluss weiter und erreichte den lichten Laubwald. Unterwegs wurde der Fluss zum knietiefen Bach mit einem Saum aus grünem Polster, in dem die ersten Walderdbeeren reiften. Laima kniete nieder und pflückte diese roten, süßen Tropfen, ließ sie genussvoll zerschmelzen. So begann ihr Mund seine eigene Wahrheit zu singen. Laima setzte sich mit ihrem Lied gemeinsam auf einen Stamm, pflückte einen Grashalm, der am Ende mit einem eleganten Büschel geschmückt war, und begann, wie damals, in ihrer Kindheit, die roten, nach der Fülle des Lebens duftenden Perlen daraufzufädeln. Mit ihren liebenden Fingerkuppen, behutsam und sacht, fädelte sie das Mitbringsel – „für meine Lieben", seufzte sie verträumt und lächelte. Sie lächelte das erste Mal im Leben so sanft und selbstbewusst. Dann nahm sie diese Kostbarkeit an sich und bewahrte sie in ihrem Herzen auf.

Schließlich verabschiedete Laima den Bach, der Richtung Meer weiterreiste, und ging durch klare Sommerluft nach Hause. „Reichtum kommt vom Weiter-Reichen und nicht vom Sich-Verschweigen, Sich-Aufopfern", blitzte es in ihr auf.

Der Faden des Wandels

Als sie barfuß den Sommerwald aufsuchte, trug sie nichts als ein langes blassgrünes Leinenkleid.

Sie folgte einem schmalen Waldweg, der parallel zu einem Bach verlief. Als der Weg immer breiter wurde und rechts vom Bach abbog, verließ Laima ihn und folgte dem Bachufer stromaufwärts.

Das Ufer war bald so dicht von Brombeerranken umwebt, dass Laima in den Bach hinabstieg und im knöchel- bis knietiefen Wasser weiterging. Sie watete im Bach weiter, bis zur Windung, an der sich ein kleiner See gebildet hatte. Das Wasser war so klar, dass sie auf dem Grund etwas Auffälliges entdeckte: einen winzigen toten Körper.

Merkwürdigerweise verspürte sie keinen Ekel, als sie ihre Hände zu einer Barke formte und die Spitzmaus barg. Das Wasser war so kalt, dass sie wie unversehrt war, und doch könnte es sein, dass der aufgehaltene Wandel die Quelle vergiftete wie eine versteinerte Träne, die hinter den Augen immer schwerer wurde.

Daher übergab Laima die kleine Spitzmaus der Erde – sie begrub sie mütterlich in einer sanften Mulde aus zärtlichem Moos und legte ein paar Blüten, Blätter und Grashalme dazu, die sie betrauern wollten, und watete weiter stromaufwärts.

Bald darauf traf sie auf einen kleinen Wasserfall: Das Wasser floss durch zwei menschengroße Steine herab, die aneinandergelehnt waren, wie gealterte Freunde. Sie folgte dem Wasserlauf und kletterte auf die Steine. Ihr Körper erinnerte sich und wollte ebenso geehrt werden, wie ihre innere Stimme sprach. Sie versank in sich, stellte je einen Fuß auf einen vermoosten Stein und begann zu summen, tönte und sang etwas, das selbst gerade in Worte gekleidet aus ihrem Körper durch die Kehle hinausstieg. Dann hockte sie sich hin, tauchte ihre zitternden Finger ins Wasser, ließ sie von der fließenden Lebendigkeit umspielen und spürte, wie das Wasser in ihren Adern zu singen begann.

Sie formte ihre Hände zu dankbaren Schalen, schöpfte das auf sie zulaufende frische Wasser und befeuchtete ihre Stirn, geschlossenen Augenlider, Wangen und Arme. Schöpfte das Wasser und begriff, dass sie Unendlichkeit und Fülle berührte. Sie begoss damit ihre Füße, Beine und ihren Schoßraum: Behutsam, etwas scheu, kaum sich trauend, benetzte sie ihre Vulva. Sie wusch sie nicht, denn sie empfand sie nicht mehr als schmutzig. Laima erfrischte ihre Vulva, die sich anfühlte wie ein zur Flechte vertrockneter Mund, der sich nun in mächtige Zartheit zurückzuverwandeln begann.

Laima weinte, sie weinte den Schmerz, der über die Nabelschnur ihrer Ahninnen zu fließen begann, einer Nabelschnur, die nun von einem gewaltigen Knick und Knoten befreit wurde. Als sie ihre Venuslippen mit zarten Fingerkuppen berührte, spürte sie, dass sie zart und mächtig war, und dies immer schon gewesen war mit ihrem mutterwarmen Körper, der das Heiligste in sich trägt – die Macht, das Lebendige zu gebären.

Und der vererbte Fluch der Selbstverachtung ... zerbrach.

Zu Hause angekommen nahm sie ein warmes Bad und ölte sich anschließend ein – wärmte kostbares Öl in den Händen auf und begann mit liebevoll kreisenden Bewegungen, die am Bauchnabel anfingen, ihre heilenden Kreise über den ganzen Körper zu ziehen. Seit vielen Generationen wurden dieser Knick und diese Knoten Frauen angetan, von Müttern verlangt, an die Töchter weitergegeben. Und endlich, jetzt endlich, berührte Laima sich selbst mit Zuwendung und Hingabe. Mit Narben und Streifen, mit Haaren an den Beinen, der zerrissenen Haut an der Ferse. Laima umhüllte ihre Vulva, die seit acht tausend Jahren getragene Scham- und Schmerzgeschichte verkörperte, und sie begann zu heilen. Dann ihre Brüste. Ihre zarten Fingerkuppen berührten die Knospen und hörten sich ihre Trauer an: Kein Mädchen ihrer Familie, das begann, zur Frau zu erblühen, wurde in Freude begleitet. Der Wandel musste abseits geschehen, stumm, von anderen verschwiegen, bis sich Scham über die Körper legte und zur verkrusteten Wunde wurde. Diese Wunde heilte nicht, sie hatte die Pflicht an sich genommen, die Erinnerung zu bewahren, damit die Erlösung aus uralter Trauer kommen konnte. Trauer, verraten worden zu sein, von Frauen, die diesen Verrat selbst erlebt haben.

All das wurde jetzt heilend berührt, und sie ertastete die erstarrten Häute ihrer Großmütter, die sich endlich vom Leben angenommen fühlten und begannen aus den Knochen heraus die Angst in die Freiheit zu singen. Laima begann zu tanzen, in ihren Waden kribbelte das Leben, das nur eingeschlafen war – es schmerzte, es kribbelte und wurde leicht und tragend und so ureigen wie damals, als diese Beine klein waren und unermüdlich tanzten, wenn sie in der Sicherheit des Nichtbeobachtetwerdens waren.

Die Zehen waren jetzt groß und wollten endlich den pinkfarbenen Nagellack. Dieses Mal aus Verspieltsein am Schönen und nicht mehr, um eine vermeintliche Hässlichkeit, die Ablehnung des Ureigenen, der Asymmetrie der Lebendigkeit und ihre nicht einsortierbare, unklassifizierbare Einzigartigkeit zu kaschieren, damit sich bloß niemand vor ihr ekelte. So durfte Körperpflege endlich Zuwendung sein – und nicht mehr die verführerische Axt der Selbstoptimierung.

Der blaue Faden

Die letzten Tage waren so heiß gewesen, dass auch der Abend keine Abkühlung brachte. Obwohl die Familie mitsamt der Katze schon längst im Schlaf versunken war, grübelte Laima in die nächste Nacht hinein – so hielt sie es immer, nach einer kräftezehrenden Begegnung, in der sie schwieg, sich im besten Fall rechtfertigte. Und sie kam sich vor wie ein Wollknäuel, ein schutzloses Wollknäuel in einem Billigladen, neben einer stumpfen Schere und dem verdreckten, lieblos laminierten Schild, auf dem stand: „Bitte probieren."

Dieses Wollknäuel war den gierig grabschenden Fingern ausgeliefert. Fingern, die kneteten, die kniffen, die sich etwas abrollten, abschnitten, sich in die Jackentasche steckten, zu den verrotzten Taschentüchern. Und Fingern, die nicht glaubten, dass diese handgesponnene Wolle kostbar wäre, und sie auf den Boden warfen, sobald sie sich unbeobachtet fühlten.

Und dieses Wollknäuel. Es rollte um Mitternacht nach Hause, zu seinem blauen Schaf in den fensterlosen Stall. Es kam klein, ganz aufgeweicht und ohne festen Kern, und manchmal rollte es durchnässt heim, kroch nur als kurzes Stück zurück, wie ein Regenwürmchen, das sich nach einem Regen-guss hilflos auf dem Gehweg windet. Das blaue magische Schaf, das einst mit einem kleinen Mädchen gespielt hatte und von der Uralten Frau geschätzt worden war, gehörte jetzt dem grimmigen Zauberer, der auch mit ein paar Cents zufrieden war, die dieses Schaf mit seinem Wollknäuel einbrachte. Denn es ging dem Zauberer nicht ums Geld, es sollte die Rache an der Uralten Frau sein – er hatte das Schaf aus der Welt der Imagination gestohlen und mit einem Fluch belegt – aus purer Bosheit, weil die Uralte Frau seit Urzeiten aus dieser blauen Wolle, singend, magisches Garn spann, aus dem Menschen sich Träume weben, stricken und häkeln konnten.

Laima spürte lebendiges Mitgefühl mit diesen Wesen, die in ihrer inneren Welt auftauchten, und weinte mit ihnen salzige Trauer, doch ihre letzte Träne versickerte nicht in das Kissen – sie blieb darauf liegen, schimmerte auf, klar und zartblau, wie ein Stern. Gleich darauf begann ihre Träne zu singen und verströmte den Duft einer Nachtkerze. Es war ein Hauch der Erinnerung an das Lied der Uralten Frau, die einst die magische Wolle gesponnen hatte.

Laimas verzweifelt kalte Hände berührten diese Erinnerung, diesen Faden, der so zart war wie der einer Spinne und so kräftig wie die Saite einer Violine, von der sie als Kind geträumt hatte. Sie hielt sich an diesem Faden fest und stieg aus dem Schlafzimmerfenster in die Mittsommernacht hinaus.

Ihre nackten, immer noch kalten Füße berührten taufeuchte Erde, die winzigen Tropfen thronten auf den zarten Spitzen der Grashalme wie Diamanten aus dem Land der Feen und der Tau fühlte sich mutterwarm an. Sie war ergriffen von dieser einfachen, nach einer innigen Umarmung riechenden, berührbaren Wärme, nach der sie sich das ganze Leben gesehnt hatte.

„Stimmt, in dieser Nacht soll, wie eine alte Sage erzählt, ein Farn erblühen, und wer diese seltene Blüte findet, findet das Glück", so erinnerte sich Laima an ihre Kindheit im litauischen Dorf, das an einer märchenhaften Flusswindung lag und von hundertjährigen Bäumen beschützt wurde.

„Da am Waldrand habe ich Farne gesehen, sieht schon bescheuert aus, wenn ich im Nachthemd herumlaufe, aber wir sind hier nicht in Schweden, die Leute schlafen schon", sprach sich Laima Mut zu, wohl zum ersten Mal im Leben. Und das stimmte, etwas zog sie an, etwas lockte sie, wie ein flüchtiger Geruch prickelnder Erinnerung. Sie hob das schiefe Gartentor etwas an und öffnete es diesmal nach außen.

Einige Augenblicke später streifte Laima über die im Nebel eingekuschelte Wiese Richtung Wald.

Eine Melodie stieg aus Laimas Innerem auf und beendete ihr Schweigen, das keine Stille war. Eine gesummte Melodie belebte ihren Hals und Rachen und streichelte sacht von innen die Lippen. Diese Melodie flatterte wie ein befreiter Vogel, vibrierte, schoss hinauf und ließ sich abermals in die Tiefe fallen – eine Vertraute der pulsierenden Ewigkeit.

Doch plötzlich spürte sie pure, nackte, unmittelbar und klar sich zeigende Wut. Ein paar Atemzüge später entflammte sie in mächtigem Zorn.

Zorn, dauernd missachtet zu werden. Zorn über die unterspülte, bis zum Matsch aufgeweichte Erde, in der ihr „Nein" immer wieder versenkt wurde.

Zorn, immer die Klügere sein zu müssen, die nachgeben muss, nur damit der verleugnete Druck im Raum nachließ. Druck, den sie so sehr gebraucht hätte, um die sie tropfenweise vergiftenden und lähmenden Räume zu verlassen.

Zorn, an ihren Gaben wie an langen Zöpfen gepackt und gerissen zu werden, die zu Zügeln umfunktioniert wurden, um damit die Lasten fremder Bequemlichkeit zu transportieren. So hatte sie angefangen ihre Gaben zu hassen.

„Wenn ich bloß wie meine Cousine wäre, die ist genauso alt wie ich, aber der ist es egal, ob die Kühe in der Julihitze verdursten, die jüngeren Geschwister auf die Straße rennen, ob die grausame

Tante ihre weinerliche Phase hat, ob der betrunkene Vater die Mutter prügelt, ob die Frau am Dorfrand ihr totes Kind betrauert. Ihr ist das alles egal, sie geht zu den Freunden und spielt, während ich hier alle umsorge und noch bestraft werde, wenn etwas schiefgeht!"

Während sie, Laima, schon als Kleinkind wegen ihrer Sorgfalt, ihrer Weitsicht und Empathie zum Schürhaken umfunktioniert worden war: Mal schabte sie kalte Asche eines Feuers, an dem sie selbst sich nicht wärmen durfte, mal holte sie aus der Glut Kartoffeln, die zu kosten ihr nicht gegönnt war, mal verbarrikadierte sie fremde Türen vor lärmenden Eindringlingen und wurde in die feuchte Ecke geschleudert, sobald das noch gestern beschützte Opfer mit dem Täter aus einem Teller Suppe schlürfte – während ihr, dem Schürhaken, der verbogene Rücken schmerzte, die verratene Lunge schrumpfte und kalte Tränen der Ohnmacht herabliefen. So wurde die Ecke mit den Jahren feuchter und feuchter, bis sie zu schimmeln begann. Diese Tränen ...

„Heul nur! Da musst du schon weniger pissen, du alte Hexe!", hallte die Stimme des Stiefvaters aus dem Augenblick heraus.

„Du Teufelsstück, sobald deine Mutter tot ist, kommst du zu mir, und da reiße ich dir die Hörner

heraus", keuchte mit schriller Stimme die Paten-
tante. Ihre kindliche Angst knirschte in den steifen
Gelenken und Laima blieb stehen:

„Ich bin hier. Ich bin im Wald. Ich bin erwachsen."

Laimas Arme hoben sich in die Höhe und ein
aufgescheuchter Vogel schrie in die Nacht hinein,
flatterte in den üppig belaubten Baumwipfeln und
schien sicher gelandet zu sein.

„Erinnerung, nur eine Erinnerung", sprach Laima
zu sich. In ihren Knien aber wimmerte Panik, ihre
Waden waren vor Angst so erstarrt, dass sie sich
hinknien musste. Ihr rechtes Knie berührte den
platt gefahrenen Schotter, das linke hingegen fand
daunenbettweiches, saftiges Moos, das den Übergang zum schützenden Wald versprach.

Die Nacht war vollmondhell. Laima schaute sich
zaghaft um, krabbelte auf allen Vieren und fühlte
sich von einer Richtung angezogen. Als der Weg
hinter ihr verschwunden war, wand sich etwas
Leichtes und Verspieltes um ihren linken Daumen
und fühlte sich unter der Handfläche kuschelig an.
Diese Berührung war so überraschend freundlich,
dass Laimas Körper sich augenblicklich entspannte.

„Wolle? Ist das Wolle?", das Staunen riss ihre
Augen ganz weit auf und ihr Körper streckte sich
mutig. Es war tatsächlich Wolle: flauschige, lang
gezogene Wolle, die sich wie eine liebevoll gelegte

Spur durchs Unterholz schlängelte. Diese zarte Wolle zum Knäuel aufwickelnd schritt Laima tiefer in den Wald hinein: Mal musste sie sich ducken, mal über einen morschen Stumpf springen, einige Ameisenhaufen umgehen, bis sie an einer Lichtung stehen blieb: Farne! Farne! Farne, so groß, wie in ihrer Kindheit – teilweise sogar schulterhoch. Doch die Spur ging weiter, und Laima folgte ihr leichtfüßig in diesen urzeitlich anmutenden Dschungel, ohne die üppigen, ihre Waden umschmeichelnden Farnwedel zu knicken. Vor einer knorrigen Eiche, die mehr kahle Äste als belaubte in den Himmel erhob, blieb Laima stehen – unter diesem Baum wuchs der größte Farn, den sie je gesehen hatte. Und in diesem endete die Spur.

Neugier zappelte in der Brust, dann kribbelte sie in den Fingerkuppen, als Laima die letzten Windungen um das Wollknäuel wickelte. Der Sonnaufgang färbte den Osthimmel in pinkfarbene Töne, während Laima den flauschigen Ball behutsam ablegte und mit beiden Händen die Farnwedel beiseite schob – ganz vorsichtig, weil das Ende der Wolle zur Mitte der Pflanze führte.

Laima stieß einen entzückten Schrei ins Morgengrau hinaus: In der Mitte des Farns saß ein winziges Schaf, kaum größer als ein Igel, und guckte Laima mit süßen Glubschaugen an.

Die Zeit hielt an und setzte sich entspannt dazu – und als der Osten im prallen Orange erstrahlte, staunte Laima, dass die Wolle und das Schaf dunkelblau waren. Blau wie die magische blaue Stunde am Abend. Die Zeit lächelte und ging weiter.

„Ich bin dein Schaf", Laima kniff sich in den Oberschenkel und schwieg mit erweiterten Pupillen, doch das flauschige Wesen sprach in einer tiefen Kinderstimme weiter: „Weißt du, sobald ein Kind geboren wird, bekommt es ein magisches Schaf geschenkt, aus dem Lande ahnender Ahninnen und gütiger Ahnen. Und jedes Schaf hat eine bestimmte Farbe. In den früheren Zeiten war es friedlich auf der Erde, bis ein gemeiner Zauberer auftauchte. Er war verhärtet, konnte nicht mehr singen, er konnte nicht spinnen und sein Schaf ist vor ihm weggelaufen, weil seine Träume immer und immer herrschsüchtiger wurden. Die Uralte Frau gab ihm auch nichts von der Wolle anderer ab. So wollte er die Schafe der Kinder rauben. Doch die Kinder versteckten ihre Schafe vor ihm. – Und du hast mich versteckt!"

Das Schaf streifte sich aus dem Farn heraus und kletterte auf Laimas Schoß:

„Je häufiger die Kinder uns verstecken müssen, desto länger brauchen wir, uns wiederzufinden. Das ist so schrecklich. Und dann verlernen sie es, uns zu sehen. Bis wir für ihre Augen ganz verblassen. Dann suchen sie manchmal und suchen und wissen nicht, wonach. Aber manchmal, wenn es ganz still ist, können sie das Lied der Uralten Frau wieder hören. Und wenn sie dem Lied folgen, ihm auf der Stelle folgen, dann, kurz vor der Ankunft, da sind sie so weit und können uns, ihre Schafe, endlich sehen."

Laima umarmte das Schäfchen und drückte es sanft an ihren Bauch. Ein wolliges Wohlsein durchströmte ihren Körper. Während sie kuschelten, begann Laima sich zu erinnern:

Ja, da fiel es ihr wieder ein, dieses Gefühl, bei sich zu sein, ganz leicht das zu tun, was die Freude ihr zeigte. Und ja, da tanzte sie und spürte, dass sie nicht allein war, da war jemand ganz Warmes treu an ihrer Seite.

Bis zu jenem Sommer, da war Laima sehr klein gewesen, sie hatte noch alle Milchzähne, da sollte sie gebrochen werden, ihre Seele wurde aufgebrochen, um das magische Schaf der unbeschwerten Kindheit zu rauben, doch sie versteckte es im Garten und fand es nicht mehr wieder.

Seit jenem Tag war die Welt ergraut, der Wind der Einsamkeit blich all die Farben aus und Laima tat, was von ihr verlangt wurde: Sie funktionierte, war nützlich, brav – und bei zu viel Angst, da war sie auch gehorsam. Die Welt war verblasst, wie die

Handlanger des grausamen Zauberers, der dann umso heftiger wütete, weil er das Schaf schon wieder nicht bekam.

Als die kleine Laima damals in ihrer Traurigkeit die Plätze des Spiels aufsuchte, erklang dort nichts in ihr, nicht einmal die leiseste Schwingung. Die einst lebendigen Räume waren wie durchnässte Schwarz-Weiß-Fotos einer alten, vergilbten Zeitung, aufgeweicht in der Pfütze der Einsamkeit.

„Aber jetzt hast du mich wieder, du hast mich endlich gefunden! Und vor den Erwachsenen, die diese Wahrheit kennen, vor denen haben der Zauberer und seine Gehilfen einfach nur Schiss", hüpfte das Schaf, bis es vor Freude kichernd zu kullern begann. Direkt vor Laimas aufgeschürften Knien – und dort, wo die Wunden von der blauen Wolle zufällig berührt wurden, breitete sich eine zarte, heilende Schicht aus.

Laima brachte endlich Laute von sich:

„Ja, es stimmt, das war so ein Ruf, eine Melodie, und da habe ich endlich was Verrücktes gemacht, etwas Unvernünftiges und bin aus dem Fenster geklettert."

Laima atmete ihre Verspannung aus und es wurde ihr angenehm schwindelig, ihre wissende Vergangenheit kehrte über den Atem in die Lunge, in den Körper zurück und tanzte mit der Gegenwart den Tanz der Zukunft, bis das Schaf sich auf seine Hinterbeine stellte, sich mit den Vorderbeinchen auf Laimas Bauch abstützte und weitersprach:

„Du kannst meine Wolle wie Watte zupfen, mir tut das nicht weh. Je mehr Schönes ich erlebe, desto schneller und weicher wächst sie. Das Knäuel des heiligen Rückweges, das du heute Nacht aufgedreht hast, das ist etwas ganz Besonderes, aber das erfährst du später. Tragen wir es zur Uralten Frau, sie spinnt den besonderen Faden für dich. Daraus kannst du dir Träume weben oder auch stricken. Da wartet sie darauf. Die schönsten Träume, die wir damals zusammen getanzt haben. Weißt du noch? Und bald gibt es mehr und noch mehr Wolle, dann kannst du auch anderen was schenken, denn diese Farbe hast nur du."

Laima blinzelte, bis ihre Augen darauf vertrauen konnten, dass alles hier zu ihrer ganz persönlichen Realität gehörte. Eine Realität, die sie keinem zu erklären und vor niemandem zu rechtfertigen brauchte.

So eine Erleichterung: ihre ureigene Weltfühlung. Sie war wieder da. Und sie atmete! Und sie atmete wieder frei!

„Komm Laimalein, komm zum Bach!", tänzelte das ungeduldige Schaf voller Vorfreude wie ein Kleinkind und seine tänzelnden Hufe drückten winzige Mulden ins Moos, „steck das Knäuel in den Ärmel, das ist wichtig. Die Uralte Frau erwartet uns. Hörst du sie singen?"

Am Bachufer, auf einem mit Moos gepolsterten Stein saß eine füllige Frau. Ihre prallen Brüste wurden von bodenlangen grauen Locken umschmeichelt, in denen prächtiger Efeu rankte. In seinen Verzweigungen brüteten einige Vögel, manche fütterten ihre fiepsenden Jungen, zwitscherten oder schlummerten. Auf dem Haupt wuchs ein üppiger Farn und im Dunkeln seiner Wedel tanzten Glühwürmchen. Ihr langes Gewand mit Schleppe, die bestickt war mit Beeren und Zweigen, hatte ein großzügiges Dekolleté und war aus allen Grüns der Erde, allen Blaus der Meere gefertigt, mit funkelnden Sternen umsäumt. Aus einem Ärmel tanzten ein paar Schneeflocken und rieselten als klingelnde Tropfen zu Boden, im anderen war Glut zu sehen. Die Füße wirkten sehr groß, ruhten fest auf dem Waldboden, fast wie verwurzelt. Die Fußnägel waren knallpink lackiert. Ihre stark gebräunte Haut war an den Fersen, Fesseln und Knöcheln mit Fischschuppen bedeckt. In den weichen, mächtigen Händen hielt sie eine leere Spindel aus hellem Holz und lächelte Laima mit ihren gütigen braunen Augen an. Als sie ihren Mund öffnete, fegte ein verspielter Wind durch die Baumwipfel, ein Kuckuck rief, die erregten Blätter der Pappel raschelten voller Freude, der Bach sprudelte lauter, es fühlte sich an, als ob die ganze Erde in einer Sprache erklang und Laima mit jeder Zelle sie hörte:

„Laima, Tochter, meiner Töchter,
Du bist wieder da.
Und du weißt, du bist Seherin,
Das Uralte Lied ist dir wieder vertraut.
So wirst du leicht wiederfinden
All deine verlorenen Fäden,
Die losen Enden zusammenbinden,
Mit liebenden Fingern gekonnt Knoten knüpfen.
Sie werden deine Träume in Erfüllung gehen lassen,
Deinem Wirken einzigartige Schönheit verleihen,
Denn sie zeugen von Mut, Macht und Beharrlichkeit.
Webe sie stolz und teile die Fülle des Herzens.

Laima legte in die Hand der Uralten Frau das Wollknäuel, zupfte ein paar weiche Büschel vom blauen Schaf und legte sie dazu. Die Frau sang den Klang der Welt und spann einen pulsierenden blauen Faden. Es fühlte sich so vertraut an, während die Uralte Frau die pralle Handspindel mit feinem Faden in Laimas Hände reichte:

„Aber! Bevor du das webst, besuch meine Erst-geborene, sie lebt in der Höhle. Besuch sie mit Wut, sie zeigt dir den Weg."

Laima ergriff die Spindel, ließ sich von der Ur-alten Frau umarmen, klemmte sich das Schaf sanft unter den Arm und eilte zu dieser Schwester, denn die Sonne war bereits deutlich zu sehen.

„Nehmt euch die Zeit, so ist sie mit euch", hörte Laima die Blätter rascheln, doch als sie sich um-drehte, war die Uralte Frau verschwunden. Nur auf dem Stein, auf dem sie gerade noch gesessen hatte, weilte eine Libelle, die bald darauf abhob, einige Male die Stelle anmutig umkreiste und im Grünen des Waldes verschwand.

Ein Staunen knisterte in Laimas Körper. Das Schaf schien kein bisschen überrascht zu sein. Nun folgten die beiden eine Weile dem Waldweg, bis sie an einer unscheinbaren Kreuzung stehen blieben.

„Wut", forderte das Schaf Laima ermutigend auf, „wir brauchen deine Wut."

Für Laima war Wut schon längst zu einer be-drohlichen Wolke verdichtet, die sie vor anderen zu verbergen gewohnt war. Üblicherweise ließ sie ihre Wut durch die zusammengebissenen Zähne und ihre gekrampfte Zunge nach unten abgleiten, in die Tiefe ihres Selbst, in der es einsam war. Irgend-wohin.

Nur manchmal gelang es einem Teilchen davon, wie einem Funken, aus diesem Verließ zu entkommen, dann hasste Laima sich für einen verknoteten Schnürsenkel oder einen verbrannten Topf, schrie ihr Kind an, wenn dieses nicht schlafen wollte.

Ein Beben und dann war's vorbei, die Wut – nicht mehr greifbar. Die Wut war zu einer unwirklichen Schwere geworden, zu einem Gewissen, falsch und verdorben zu sein. Und jetzt sollte sie genau diese Wut benötigen? Plötzlich sollte Laima sie herausschälen aus dem zähen Nebel – und sie sogar dringend gebrauchen?

„Erinnere dich einfach", zappelte das Schaf im Arm.

„Stimmt, so wie du zappelst, erinnere ich mich: Wegen meiner Rückenschmerzen war ich bei einer Massage und rechtfertigte mich für meine langsamen Bewegungen, weil meine Kaiserschnittnarbe schmerzte. Da fragte mich die deutlich jüngere Masseurin, ob ich denn meine Kinder lieben könnte. Sie seien ja ganz ohne Schmerzen geboren.

Da war ich wütend, oh, das war ich! Doch ich verformte meine Wut zu einem Selbstzweifel. Wie immer!", bebte es in Laima.

„Ja! Das ist es! Pack das an und zieh dran", flackerte in den winzigen Schafsaugen ganz große Hoffnung auf.

Laima atmete ein paarmal ganz tief ein, ganz tief, bis in die Tiefen des Schoßraumes, und die Wut befreite sich bebend, „das Miststück!", und bog an der Kreuzung nach links in einen kaum sichtbaren Pfad hinein. Sie eilten langsam, weil die Zeit mit ihnen war, bis sie eine Stelle erreichten, an der der Pfad zu enden schien – einige morsche Baumstümpfe lagen quer und hinter ihnen war bloß stummes Dickicht.

Diesmal kam Laima selbst darauf, dass sie ihre Wut benötigte, bebte auf und drang durch das Dickicht, das sich auftat und sie empfangend durchließ. Nun standen die beiden vor einem Felsen und entdeckten in ihm einen Spalt, durch den sie hineinschlüpften. Dunkel war es dort, der Boden war feucht und von den Wänden tropfte es hier und da. Bald wurde es finster und es roch so vertraut nach Geborgenheit.

Mit dem Schaf unter dem einen Arm, mit der anderen Hand die Wand sanft streichelnd und tastend, geduckt sahen sie ein flackerndes Licht. Nun standen sie in einer riesigen Grotte, etwa in der Mitte brannte Feuer, es brannte beinahe ohne Rauch – in einer schwindelerregenden Höhe, durch einen Spalt, war Tageslicht zu sehen.

Ein Maunzen und sogleich streifte es ganz weich um Laimas Waden, das Schaf wollte sofort auf den

Boden. Sobald es unten war, schmuste es mit einer schwarzen Katze.

„Das ist der Kater der Hexe Ragana, wir kennen uns lange", stellte das Schaf dieses zutrauliche Wesen vor und Laima kraulte seinen Hinterkopf, woraufhin der Kater sofort zu schnurren begann.

Im hinteren Teil der Grotte stand ein kleines Haus, in dem Licht brannte. Ein Knarren und die Tür ging auf. Eine magere alte Frau mit rotem, zerzaustem Dutt und langem, schwarzen Kleid kam heraus. Sie winkte und lud die Gäste hinein, das Schaf preschte so vergnügt vor, dass ihm die Wolle zusehends wuchs, und Laima konnte ihm nur langsam folgen, weil der verschmuste Kater um ihre Waden tänzelte.

Von der alten Frau umarmt, spürte Laima, als ob eine Kette von ihr abfiele – all diese Mühen, all diese Rüstung. Das Feuer der Mitte begann zu knistern:

„Da bist du ja!

Auch dein Schaf hatte Sehnsucht.

Kennst du den Kater noch?"

Laima betrat das Haus. An den Wänden entlang hingen Kräuterbüschel, es roch so blumig vertraut wie damals in Großmutters Küche. Der Kater tollte mit dem Schaf, und je mehr sie spielten, desto schneller wuchs die Wolle, bald sahen sie wie ein lebendiger Ball aus.

Die beiden Frauen saßen am Tisch, von dreizehn Kerzen beleuchtet, und tranken Tee, der nach Weltall roch und nach Unendlichkeit schmeckte.

Die Hexe zog etwas aus ihrer Schürzentasche und streckte es Laima entgegen: In der flachen Hand lag etwas Kleines.

„Hier, für dich", flüsternd tanzten die Flammen.

„Dein Leben ist ein fruchtbarer Mutterboden, Laima. So lege darauf einen üppigen Garten an, umsäumt von dichten Hecken, die Stacheln, Blüten und Früchte tragen, und errichte einen stattlichen Rosenbogen mit hohem Tor auf der Nordseite, das ausschließlich von dir sich öffnen lässt. Alle, die kriechen, krabbeln und fliegen, die Gefiederten und die Stachligen kommen über und unter der Hecke durch. Für die Menschen ist das Tor. Leider. Offen zu lassen. Lass nur die herein, deren Herzen Trauer und Zuversicht besingen, deren Augen Freude und Schmerz beweinen. Doch bald kehrt die Zeit zurück, in der wir keine Tore und keine Festungen gekannt hatten, mit denen Menschen sich vor Menschen hätten schützen müssen. Die Zeit ist unterwegs, weil die Menschen beginnen, sich an diese Zeit zu erinnern."

Ragana seufzte verträumt, nickte langsam, lächelte und sprach weiter:

„In der Mitte des Gartens forme einen Kreis aus dreizehn Findlingen, fülle Erde auf und setze diesen Kern. Daraus wird ein Birnbaum wachsen, stutze niemals seine Äste, auch Wildtriebe lass unangetastet. Die Früchte werden süß, saftig und von betörendem Duft sein. Die erste Frucht iss du selbst, die zweite teile mit deinen Liebsten. Wenn ihr satt seid, verkaufe, verteile, verschenke sie, so gibst du die Fülle – und Fülle kommt zu dir. Nur eins darf niemals geschehen: Die Irrenden, die glauben, sie würden von mir nicht beschenkt, sie werden verlangen, dass du ihnen Früchte samt den Zweigen und Ästen hergeben sollst. An den Wurzeln würden sie reißen, sobald du sie hereinlässt.

Hör genau auf deine Wut, so wirst du sie von Weitem erkennen. Diese müssen vor dem Gartentor bleiben. Deinen ersten Baum haben sie aus Neid und Bosheit vernichtet. Darum halte dich an diese Reihenfolge und behüte so lang deinen Kern. Und denke daran: Du verhilfst niemandem zum Wohl, indem du dein Wohl opferst."

Laima umschloss den Kern ganz fest mit der Hand und die Hand wurde glücklich, kräftig und leicht: Jeder Finger und jedes Gelenk sowie die Haut freuten sich, endlich, oh endlich, wieder etwas ganz Eigenes zu halten.

Die Frauen umarmten sich zum Abschied in einer vertrauten Wärme und in der Vorfreude auf ein baldiges Wiedersehen, Schaf und Katze tollten miteinander, Laima hatte das Gefühl, die beiden besuchten sich sowieso des Öfteren.

„Oh, meine Brüste spannen, ich muss gleich stillen", fiel es Laima auf.

„Da helfe ich gerne nach", grinste die Hexe, „nimm das Schaf auf den Arm, schließe die Augen und drehe dich dreimal um dich selbst, ich halte."

Während Laima sich drehte, schien sich die ganze Erde zu drehen, und sie stolperte sacht und kniete sanft auf einem Knie. Als sie zur Ruhe kam und ihre Augen öffnete, fand sie sich vor ihrem eigenen Gartentor wieder. Das Schaf spürte sie an ihrem Bauch als wohlwollendes Gefühl.

Als sie ihre Hand öffnete, sah sie keinen Kern, spürte jedoch ganz deutlich, dass in ihrer Hand etwas Kostbares lag. Als sie in ihrem Ärmel nachschaute, fand sie tatsächlich ein blaues Wollknäuel. Sie staunte und ließ es darin. Und aus dem Ärmel duftete es verlockend nach Möglichkeiten.

Als Laima durch das Fenster hineinkletterte, spürte sie, dass der Saum ihres Nachthemdes feucht war vom Tau. Bald schmatzten die Kleinen an ihren Brüsten und Laima war wieder vom Leben verzaubert.

Der Faden der Entscheidung

Ausgerechnet abends und nachts kam Laima zu sich und ging öfters mit warmer Teetasse vor die Tür. So fiel ihr ihre alte Vertraute am Himmel auf: „La Luna". Als Kind liebte sie „La Luna", insbesondere, wenn sie ganz rund war und vom Himmel herab Laima mit ihrem Gesicht anlächelte. Mit der Zeit wurde sie zum normalen Mond, und Laima wurde belehrt, dass es Krater sind oder Berge und keine Augen, und kein gütig lächelnder Mund.

Eines Abends bestaunte Laima den Himmel und stampfte trotzig-fröhlich mit dem Fuß:

„La Luna' ist wieder ,La Luna'! Erstaunlich, wie sie sich verändert. Sie ist nie gleich, wie ... ich."

Am nächsten Morgen verlangte die Katze ihr Frühstück außergewöhnlich früh, es war noch dunkel.

„La Luna" war so wunderbar zu sehen in diesem Saum der Dunkelheit, die bald, ganz bald mit ihrer kühlen rosa und weiß-lila Färbung den Sonnenaufgang ankündigte. „La Luna" war schon zu einem Drittel verblasst. Auch aus Laimas Leben war Vieles gegangen, und dieses Viele nahm wiederum allerlei mit: die vergeblichen Mühen, die kräftezehrenden Versprechungen, die Streitfetzen.

Innerlich fühlte sie sich wie ein Kirschbaum, der die überflüssigen Beeren im Frühsommer fallen lässt, um die übrigen mit köstlichem Rot zu fluten. Nicht alles, was angefangen wurde, muss zu Ende gebracht werden, denn so ein Ende wäre ungenießbar. Fallen lassen. Die Erde wird es wieder in fruchtbaren Mutterboden wandeln. Laima erinnerte sich daran und ihre Schultern entspannten sich.

Während die ersten Sonnenstrahlen das Wohnzimmer streichelten, sah Laima zum ersten Mal ein, dass ihr Zuhause, und der Fußboden insbesondere, nicht unordentlich waren, sondern vollgespielt. Überall räkelten sich verstreute Zeugen und bestätigten nickend: „Hier wird gelebt". Manche von ihnen wollten bleiben, aber den Ort wechseln, einige jedoch drängelten und zappelten ungeduldig wie Zugvögel im Herbst. So holte Laima ihren neuen, selbst gebundenen Besen aus der Kammer ab und sie fegten zusammen/gemeinsam einen schwungvollen Tanz. Dabei entdeckten die beiden, dass das Sofa kitzlig war und der Kühlschrank Puzzlestücke hinter sich hütete. „Das ist kein Schmutz, das sind Spuren des Lebens! Und ab jetzt würdigen wir sie!" schmunzelte Laima ihrem Besen zu und sie kehrten einen kunterbunten Hügel in der Mitte des Zimmers zusammen. Erst jetzt ortete sie im Hals diesen besonderen Druck, der sie üblicherweise mit einem

Befehl zum Aufräumen scheuchte und bekam den Eindruck, dass sie eine Puppe wäre, die in ein fremdes Puppenhaus gesteckt worden war, in dem ihre Bewegungen und Abwägungen durch winzige, lieblos ausgefräste Fenster von riesengroßen Augen beurteilt, kontrolliert und gesteuert würden. Plötzlich sah sie Dinge in ihrem Haus, die sie überhaupt nicht mochte, aber sie traute sich nicht diese zu entfernen. Wie lebte sie nur hier?

Als ob es verwerflich wäre, das leidvolle Fristen zu beenden und so zu leben, wie es zu ihr passte.

„Ich mach´s. Ich hab mich *dafür* entschieden. Integrität ist ein schönes Wort", lächelte Laima in sich hinein und stopfte die Restmülltonne mit Ballast. Das waren lieblose Geschenke und gefrustete Fehlkäufe, die an sie weitergegeben wurden, sowie trübe Erbstücke mit abgeschlagenen Kanten, die die Erben selbst nicht annehmen wollten, sie abzulehnen oder gar wegzuwerfen, das hatten sie sich nicht getraut, weshalb sie es Laima „schenkten". Und Laima nahm alles an. Aus Mitleid. Aus Angst.

„Morgen werden die Tonnen abgeholt. Straffrei."

Und das Merkwürdige daran: Nie mehr wurde Laima mit Worten wie „hier, eine Tüte mit aussortierten Kaffeebechern für dich, du kannst das sicher noch gebrauchen" begrüßt.

Der pulsierende rote Faden

Am Freitag, dem Tag der Göttin Freia, hüllte Laima sich in die Dunkelheit hinein und umschlang mit ihren übermüdeten Armen die alte Linde, tastete mit erschöpften Fingern die gleichmäßigen Furchen der Rinde ab und drückte ihre vom Genervtsein zischende Stirn an eine warme Flechte an. Wohlwollende Zuversicht und Verbundenheit durchströmten Laimas Körper und zum ersten Mal nahm sie das geheimnisvoll behütende Lebendigsein ihres Schoßraumes wahr. Sie erspürte es zum ersten Mal als heilig und in diesem Augenblick begann es rot zu fließen: Zum ersten Mal so mutig, kraftvoll und befreit von Scham floss ihr Leben bringendes Blut in die schwarze Nacht hinein – „La Luna" war letzte Nacht ganz verschwunden und zeichnete sich strahlend als neue, schmale Sichel ab. Der lebensrote Fluss und „La Luna" umarmten sich für den Beginn von etwas Neuem, dessen Wesen sich gerade selbst erträumte.

„Dreizehn Mal im Jahr machen wir das. Dreizehn Mal", schmunzelte Laima hinauf zur „La Luna" und spürte, wie die feinen Wurzeln der Linde ihr heiliges Blut begrüßten.

Faden der Kindertage

Laima war an jenem Nachmittag allein zu Hause, nicht ganz allein – die Katze war bei ihr, und dieses Kribbeln. Dieses Kribbeln war ganz anders als das Kribbeln, das sie in die Weite hinauszog wie ein altes Fischerboot, dessen Boden durchnässt war und das auf dem Wasser rastlos Richtung Horizont glitt.

Dieses neuartige Kribbeln war ein anderes als jenes Kribbeln, das sie jedes Mal dazu zwang, ihr Heim zu verlassen, in den fernen Lagunen nachzusehen, ob sie dort etwas umbauen könnte, etwas, was sich nach einer Familie anfühlte, die auf sie wartete mit Essen, Umarmung, einem Bett und Haarbürste, da wünschte sie sich, sich endlich als das Kind zu fühlen, auf das die ganze Großfamilie gewartet hatte. Das wollte sie dort erfahren: Wie es ist, vollkommen willkommen zu sein. Leicht, getragen, umsorgt, sich einfach verschenkend an das Wohlwollen der Umarmenden.

Dieses langsam beängstigende Kribbeln war ganz anders als jenes Kribbeln, das sie allzu oft dazu zwang, die eigene Feuerstelle zurückzulassen, sich aus den Händchen der Töchter und aus dem Gefühl des eigenen Wohlergehens zu entreißen, um dorthin zu gehen, wo das Lindern, das Auslöffeln des

Leids, das manchmal längst vergangen war, sie einberief.

Dieses neuartige Kribbeln war freundlich und ermutigte Laima, ihre Hände auf ihren Bauch zu legen, etwas unterhalb des Bauchnabels. Sie spürte dieses Kribbeln jetzt deutlich, sie spürte, es war das Leben, es war ihr Leben, das endlich leben wollte. Ihr Blick wanderte über die unerledigten Haushaltsdinge und sie schnappte den eingeschweißten Batzen Ton, der seit ein paar Jahren im Regal sein Dasein fristete. Sie wusste nicht mehr, warum sie den gekauft hatte, denn töpfern konnte sie ja nicht. Es war schon merkwürdig zu spüren, wie der Blick die Beine dazu veranlasste, Richtung Ton zu gehen, und die Hände selbstständig den Ton auf den Esstisch stellten. Bevor sie ans Aufräumen des Tisches und an eine ordentliche Vorbereitung der Töpferei denken konnte, verschafften sich ihre Finger, von kindlicher Neugier angestachelt, den Zugang durch die raschelnde Verpackung. Und da war sie, eine Kugel von gemütlich braunem Ton, in ihren Händen!

Sie legte die Kugel in die eine Hand und fasste mit der anderen so hinein, dass der Daumen eine Kuhle in die Mitte der Kugel drückte. Die restlichen vier Finger hielten den äußeren Rand fest und drehten das Stück behutsam, während der Daumen die

Kuhle immer mehr vergrößerte - ein Daumenschäl-
chen war am Entstehen.

Diese Berührung brachte Laima in ihre Kindheit zurück, als sie mit dem am Bach gefundenen
Lehm ebenfalls Töpfchen formte, nur leider weich-
ten sie wieder auf, sobald Laima sie mit dem Wasser
für Puppensuppe befüllte. Damals war niemand an
ihrer Seite und klärte sie über die Möglichkeit des
Brennofens auf.

Dieses Mädchen von damals kehrte über Laimas
Hände und den Ton ins Leben zurück und das Wissen über Brennöfen tat ihr gut. Laima lächelte ...
Das zurückgekehrte Mädchen erzählte von ihren
Bildern, immer wieder malte es ein gelbes Giebel-
haus mit rotem Dach und rauchendem Kamin, links
von einem Birnenbaum, rechts von einem Apfel-
baum geschmückt und aus den beiden Sprossen-
fenstern im Erdgeschoss schauten eine Katze und
ein Hund heraus, jeweils mit einer blühenden Topf-
pflanze neben sich.

Blumen, ein geschwungener Sandweg und Vögel
im fruchttragenden Spätsommer. Und trotzdem
spürte Laima kindliche Schwere in der Brust, etwas
Eingeschüchtertes stieg in ihr auf und blieb dann
doch in der Kehle versteckt. Was war denn los, das
Bild war doch schön?

„Komm, ich zeige dir etwas", lud Laima ein und das Mädchen, das sie einst war, folgte stumm. Sie gingen los, beide mit dem leicht angetrockneten Ton an den Händen. Sie gingen den steilen Waldweg entlang, hüpften über den Bach und dort, wo der Schotterweg an einem Reisighaufen endete, bogen sie links ab, in den immer dichter werdenden Mischwald. Hinter einer umgefallenen Tannenwurzel begann ein winzig schmaler Pfad durch das Moos, schmaler, aber mit viel Dranbleiben geformt.

„Wir nehmen diesen Fuchsweg", sprach Laima zu dem Mädchen, das sie einst gewesen war, „du kannst vor oder hinter mir gehen, wie du magst", bot Laima an.

„Kannst du mich tragen?", flüsterte das Mädchen verlegen, das noch nie von jemandem aus Liebe getragen worden war – und falls doch mal, dann nur als Last.

„Ich kann dich sogar auf die Schultern nehmen. Gerne sogar", klang Laima plötzlich heiter. Und als das Mädchen strahlend auf den Schultern saß, sah Laima die kleinen Füße an: Sie hatten aufgeriebene Blasen über den Fersen, einen schmerzlich eingewachsenen Nagel am großen Zeh, und sie fasste all diese Mühen der kleinen Füße auf, den großen, wichtigen Leuten hinterherzurennen und sogar zuvorzukommen, um ein paar hart getrocknete, gar verschimmelte Krümel ihrer Zustimmung zu erhaschen.

Sie hielt die schmalen, ziemlich mageren Beine an den Fesseln sanft fest, und so reisten sie weiter. Durst konnten sie an den Bächen stillen, denn im Wald waren sie sauber, und sie aßen dicke Blaubeeren, die reichlich auf dem schimmernden Grün funkelten. „Es ist so viel da", streichelte Laima der Kleinen über die Wangen und strich verknotete Haare aus dem Gesicht. Ganz behutsam und zärtlich.

„Schau, die Bäche plätschern, das Grün saftet, die Süße tropft, die Erde hält uns alle und in den Wolken tanzen Schwalben das Sommerballett. Und du darfst wütend sein, auf die Lügner, auf die Diebinnen."

Die Kleine weinte Freude und sie weinte Schmerz, dann umschlang sie mit ihren mageren, vor Hunger und Sehnsucht zitternden Ärmchen Laimas Hals. Laima wurde warm vor Glück und schwarz vor Augen und als ihr Hals wieder weich wurde und durchlässig für das, was in ihr wirklich und wahrhaftig war, merkte Laima, dass die Kleine in ihrem ganzen Körper zu spüren war.

So stieg Laima erleichtert, satt und mit unbekümmertem blaubeerviolett betupftem Mund die

Böschung zum Bach hinab und entnahm dem Ufer etwas Lehm. Jetzt erinnerte sie sich an ihre Freude zu töpfern und nun wusste sie, es gab Brennöfen.

Sobald Laima zu Hause war, legte sie eine Liste mit ihren *wirklichen* Träumen an. Dann ging sie ins Badezimmer, wusch ihr Haar besonders behutsam und kämmte es seitdem mit Zuwendung.

Faden der Poesie

„Der Herbst berührt das Land mit seinen Farben", spähte Laima aus dem verregneten Fenster
hinaus. Dann brühte sie sich Lindenblütentee auf
und staunte über die tanzende Schönheit im Glas:
Der warme Wind war wieder da und ihre Hände,
die liebevoll die Blüten pflückten zwischen den
summenden Bienen, auch die unter dem Baum
krabbelnden Töchter waren wieder da und die
Sternenabende, als sie an die Linde angelehnt träu-
mend Gedichte hörte, die sich aus dem Land der
Stille anpirschten.

„Ja, die Poesie ist das Fasziennetz des Lebens –
zart, kaum sichtbar und doch so tragend. Die Faszien, wie Poesie, wurden unbeachtet getrennt, als
überflüssig beiseitegelegt.

Und eine Poetin, sie knetet, massiert und dehnt
die Faszien des Lebens wieder weich, bis diese zar-
testen Netze erneut elastisch sind. So macht das
wilde Tanzen wieder Spaß, wie einst in der Kindheit! Eine Poetin erspürt und ehrt und achtet die
zarten, mächtigen Fäden, die jede einzelne Vielfalt
zur Ganzheit verbinden.

Eine Poetin zu sein, ist eine sehr wichtige Auf-
gabe – sie ist die Physiotherapeutin der Seele",
schmunzelte Laima.

Der Faden des Kreisens

„Ein Geschenk für mich selbst!", staunte Laima, packte den neuen Füller aus, schüttelte das Gläschen mit brauner Tinte, und Goldpartikel, die sich am Boden des feinen Fläschchens abgesetzt hatten, wirbelten durch die Tinte. Während sie diese Tinte in den Konverter zog, begann sie beinahe zu schmatzen, so lecker sah das aus. Endlich frei zu schreiben, mit Farbe, die sie selbst ausgewählt hatte ... In der Schule war so etwas verboten gewesen. Sie nahm das neue Journal, streichelte die erste Seite glatt und schrieb:

„Wenn wir Frauen aus uns heraus schöpfen, um die verdorrten Stellen der Welt mit unserer Essenz zu gießen, erschöpfen wir uns. Wir sind wie ausgetrocknete Brunnen, mit Steinen, zerbeulten Eimern und Zeugs darinnen, und es hallt in uns schauerlich, wenn unser eigenes Kind in uns hineinruft oder gar unsere ureigenen Interessen Stimme erheben.

Wir Frauen sind magische, zyklisch lebende Wesen, die reifen lassen und gebären, wir tragen unsere Wunderfrüchte in uns, ob Kind, ob Gemälde, Lied, Gedicht oder Buch. Mit unseren Gezeiten lassen wir Lebendiges heranreifen und gebären, sobald die Zeit vollendet ist. Unser Wasser, das sich rot verfärbt und zyklisch ergießt, ist seit Urzeiten heilig.

Nun frage ich mich, ob all die Idee der Schöpfung in Wirklichkeit ein Trugbild ist, denn sogar die Sterne, auch sie, die Sterne werden geboren. Und wenn wir es ganz genau nehmen, bestehen die Elemente, aus denen wir aufs Neue geboren werden, aus dem Staub explodierter Sterne.

Und in welchen Formen leben wir? Ich höre immer etwas von ,auf die Reihe kriegen', ich höre von Zielen und von Treppenstufen. Aber wie wäre es mit dem Kreis? Wie ein Baum, den wir so gern umarmen, ja, umschlingen, ja, ein Baum, der wächst Jahr um Jahr in Ringen, Jahresringen, Kreisen. Sogar ein Stein im Wasser zieht Kreise um sich herum und egal, wie viele Steine du ins Wasser wirfst, es ist genug Platz für all die Kreise. Wie Jahreszeiten tanzen auch sie im Kreis. Wie ,La Luna'? Wie die Erde? Wir tun es ihnen gleich. So fühle ich, ich bin das Kind und die Jugendliche und die Heutige – ich bin alles, was ich gelebt habe, und bin durch die Wurzelkraft sogar mit der Welt der Ahnen verbunden. Lass uns kreisen – das entspannt und erdet und befriedet.

Im Kreis
Pulsierend
Atmen,
Sein.
Ureigen ist dieser Rhythmus,
Mit Atempausen.
Da ist Vergleich überflüssig,
Wie überall.
Das Sein,
Das zählt.
Sich selbst wieder einholen,
Sich selbst wieder abholen,
Luft holen,
Wiederholen,
Spürbar."

So floss die braune Tinte frei auf's gelbliche Bütten-
papier und trocknete mit Goldschimmer auf.

Der Faden der Dunkelheit

Und plötzlich wurde es urdunkel. Das unklar Verschwommene, mit grellem Gesprenkeltem zwischendurch, das Ziehen und Zerren nach Aufmerksamkeit, das hüpfende Zeug, das schreiend versuchte, sich jeden Blick zu erhaschen – das alles war weg. Dunkelheit. Stille. Laimas Augen erinnerten sich daran, wie es war, sich selbst zu sehen. Sich selbst zu spüren und anzunehmen, ohne Spiegelbild. Die aufgeblasenen Wichtigkeiten, aufdringliche Dinge, stechend blendende Einzelheiten, die miteinander vermengt ihr pausenlos entgegengeschleudert wurden, verschwanden. Und in diesem Augenblick spürte sie, wie es war, zu sein.

In dieser Dunkelheit horchte sie auf: Ihr ganzes Wesen breitete sich aus wie ein riesengroßes organisches Gebilde, das ausgetrocknet, zerknüllt und mit der Zeit vergessen worden war. Es schien plötzlich in tiefes stilles Wasser gelegt worden zu sein, sog sich voll mit Leben und glitt in sein Element. Ihre Haut meldete sich von den Fußsohlen über den Bauch bis zum Scheitel, dass sie da war und alles miteinander verband. Ihre Locken dankten den umhüllten Schultern dafür, dass sie gehalten wurden.

Die Zeit beruhigte und entspannte sich, sie spürte, dass sie zu einer Gießkanne mutiert war – einer Gießkanne, die Regeln und aufgezwungener Gerechtigkeit gehorchte. Die Zeit richtete sich aus, und die Wasserstrahlen kamen im selben Bogen wieder zurück. Die Zeit ist kein Wasser, das zugeteilt in schmalen Bewässerungskanälen fließt und fließt, es wird um sie gerungen, als ob sie von weither käme.

Im Dunkeln kehrte Laimas Zeit zurück, so wurde Laima zu ihrer eigenen Zeit. Von dieser Ewigkeit gestreichelt schrie eine Eule in den Nachtwald hinauf. Sie hatte die Nachricht erhalten. Die Nachricht, die in Laimas Heimat vom Wind zu den Sternen gebracht worden war, die die Milchstraße entlangeilte und im Nachtwald bei der Botin landete: Laimas Großmutter war am Gehen. Sie war unterwegs, in die Welt hinter dem Schleier, in die Welt, die mit allen Zeiten und Wirklichkeiten verwoben ist - sie starb: Raum um Raum und Schritt für Schritt. Die Eule flog zu Laima und übergab die Nachricht in drei Rufen vom Wipfel der alten Buche herab.

Im Schutz der Dunkelheit, schloss die Großmutter ihre Augen: Als Erstes ging der Klang der Stimme, ihm folgten der Klang der Berührung und die zarten Klänge schönster Erinnerungen. Mit jedem Klang schimmerte das Wesentliche deutlicher empor, wie eine Kostbarkeit aus dem Saum des Universums.

Laima ertastete die Nachricht der schreienden Botin mit ihrem ganzen Wesen. Dieser Schrei wurde zur Melodie und begann in der Dunkelheit weiche Kreise zu ziehen, wie ein Stein, der mit einem Wunsch ins Wasser geworfen wurde. Diese Kreise vibrierten, berührten Laimas Haut, den Bauch, ihren Atem und das Herz. So erinnerte sich das Herz daran, dass es einmal anders geschlagen hatte. Mit Zuversicht und Vertrauen ließ es sich von diesen Kreisen neu stimmen und begann zu singen. Das war sein ursprüngliches Lied. Dieses Vibrieren, das war und ist die Stimme der Ahninnen. Laimas Bauch entspannte sich bis in ihren Schoßraum, diese Stimmung umschmeichelte ihre Beine, insbesondere ihre Waden, die nur so gespickt waren mit verängstigten Igeln. Die Angstigel rollten sich auf und kribbelten als eingeschlafene Füße aus dem Körper heraus. Sie berührten die Erde und huschten schmatzend und neugierig in die Dunkelheit hinein.

Die Stimmung breitete sich wie mit sanften Flügeln im Brustkorb aus, über die Schultern in die Arme – und plötzlich wollten die vom Sich-Abmühen vernarbten Fingerkuppen geküsst, die Wangen berührt werden. Die Fingerspitzen drückten sanft hinter den Ohrläppchen, dort hinter den Ohrläppchen, da schauten sie zueinander, hinterm Kopf herum, im leichtesten Wohlwollen, das frei war von Angst, im Gehaltenwerden, und dort, wo ihre Wesen sich trafen im innigen Blick, entstand ein sanfter, warmer Strahl, der den übererregten Blauen Kern im Kopfinneren erreichte. Laima entspannte sich, ließ sich in den Schoß der Dunkelheit sinken und die Zeit begann aus ihr heraus zu blühen. Aus den Blüten schlüpften Glühwürmchen, sie leuchteten aus sich heraus und die Dunkelheit behütete ihr Licht.

Der Faden des Selbstwertes

Es roch nach dem ersten Schnee, als Laima im Ess-
zimmer schrieb, während die Nudeln köchelten.
„Ein angebrannter Topf ist keine Sünde", lächelte
sie und ihre Worte flossen:

„Ich ahnte bis gestern nicht, dass ich etwas mit
einem Wert zu tun hätte. Über ‚Selbstwert', ich
meine hier das Wort, flog ich einige Male drüber,
ohne, dass ich irgendeine Regung verspürt hätte,
ohne, dass ich in Berührung kam mit dem, was hier
gemeint war. Ich habe einfach nicht angedockt,
bin nicht gelandet, es war nichts in mir, woran es
irgendwie hätte hängen bleiben können.

‚Du hast kein Gefühl für deinen Selbstwert?' So
was Exotisches? In mir? Ich fühlte mich wie ein
Krug, der gefragt wurde, wo sich sein Motor be-
findet. Erstaunlich.

Jetzt spürte ich ihn, es war wie ein Blutkreis-
lauf, wie ein Flussnetz der Erde. Es war immer da,
nur habe ich woanders hingeschaut. Seitdem ich
ihn spüre, spüre ich auch den Zwischenraum, der
zwischen meiner Haut und meiner Kleidung ist.
Bei den Füßen fing es an. Irgendwie habe ich mich
heute daran erinnert, wie ich am Anfang des Lebens mit meinen Füßen spielte. Dieses Rundsein,
ausgepolstert und da. Dieses Fußbad, das ich mir

heute zu einem ungeplanten Zeitpunkt vor dem Mittagessen geschenkt habe, war berührend, weil ich so bei mir war. Ich goss warmes Wasser in das längliche Gefäß, eigentlich eine Puppenbadewanne, und tauchte ein paar Händevoll Bischofit-Salz hinein – die Wärme, die Berührung, die Zartheit, die Dankbarkeit!"

Regen spielte an der Dachfensterscheibe die gemütlichste Melodie der Welt. Laima versank in dieser Geborgenheit: „Ihr seid so viele und seht alle gleich aus. Grübelt ihr auch manchmal?"

Die kullernden, hüpfenden, einander überholenden Tropfen staunten zurück.

„Ich meine, ob ihr euch auch manchmal so etwas fragt: ‚Bin ich überhaupt wertvoll, wenn ich auf die Erde falle? Ist es besser von den Baumwurzeln aufgesaugt zu werden, oder sollte ich doch lieber mit einer Quelle vereint zum Fluss werden?'

Überlegt ihr euch: ‚Werde ich dafür kritisiert, wenn ich in einer Pfütze mit hüpfenden Kindern einfach mitlache? Oder muss ich irgendwo nützlich sein?'"

„Uns reicht es, dass wir da sind", lächelte die Wolke, „und manche von uns umspielen jetzt deine Füße."

Der Faden des Genießens

Sie träumte von einem stickigen, mit klebrigem Grau überfluteten Raum, der mit dicken Vorhängen vor dem einzigen kleinen Fenster abgedunkelt war. Nur ein winziger Lichtstreifen, der von draußen einzudringen versuchte, war an der Oberseite des Fensters zu sehen. Die Vorhänge hingen von einer etwas schief angebrachten Eisenstange herab, auf der viel zu große Metallringe in unregelmäßigen Abständen aufgereiht waren, an diesen Ringen steckten scharfzackige Klammern, die sich, wie Raubtierzähne, in den groben dunklen Stoff festbissen. Unten rechts, am Saum, der den Boden beinahe berührte, waren die Vorhänge etwas ausgefranst.

Die Vorhänge wirkten viel zu groß für das Fenster, das so klein war wie in einem alten Bauernhaus. Direkt von der Decke, rechts neben dem Fenster, hing wie eine Raumtrennung ein ein zerknittertes großes weißes Leinentuch herab.

Laima stand mitten im Raum, hinter ihr hing wohl ein Projektor, der diese Leinwand so beleuchtete wie für einen Dianachmittag. An den Wänden hingen, soweit sie es bei diesem Licht erkennen konnte, altertümliche Heiligenbilder und große Porträts, deren untere Ecke des Rahmens mit schwarzem Band geschmückt war.

Plötzlich spürte sie eine im Raum umherrasende Angst, mal sprang sie nach oben an die Decke und prallte in ein Nichts ab, mal presste sie sich hinter Laima in die unbeleuchtete Ecke und versuchte zu verschwinden, dann bemühte sie sich, wie eine verprügelte Katze, unter den Kleiderschrank zu kriechen, doch es war zu eng, so warf sich die Angst auf Laimas Körper, ergriff sie und klammerte sich mit zwei winzigen krampfenden Händen im Bauch fest.

Eine verzweifelte Kälte ließ Laimas Körper vom Bauch aus erzittern, eine eisige Kälte der Einsamkeit. Laima wusste nicht, ob sie selbst aus ihren Augen starrte oder diese Angst, doch erst so bemerkte sie hinter der Leinwand eine Bewegung. Dort begann sich etwas oder jemand zu regen und spielte verkrampft, wie mit in langer Starre eingeschlafenen, schmerzenden Gliedern, mühsam und ängstlich ein Schattenspiel. Laima wurde schwindelig, das Zimmer, das eher eine schimmlige Bauernstube anmutete, begann sich zu wandeln: Es weitete sich, Bilder der Heiligen und der Verstorbenen schwebten davon, die auftauchenden Reihen samtbezogener Sessel drängten Laima Richtung Seitenwand nach links. Vor ihr befand sich nun die riesige Leinwand eines Schattentheaters. Sie schaute zaghaft über die Schulter und sah das Publikum. Die Zuschauer drängelten zu ihren Plätzen, blieben jedoch nicht lange sitzen, sie buhten, lachten, fluchten, manche spuckten. Es roch nach dem am Vortag getrunkenen Alkohol und Gülle.

Nur dieses Etwas oder Jemand, zu einem Elend geduckt, bewegte sich hinter der beleuchteten Leinwand und spielte Schattentheater. Diese Figur spielte, so schien es, unter großen Schmerzen. Ein traurig knackendes Lied tönte aus einem müden Grammophon und bemühte sich, die pöbelnden Zuschauer zu besänftigen. Laima bemerkte, dass die stinkenden Rufe des Publikums wie eine Dirigieranweisung waren für dieses Wesen, das sich hinter der Leinwand um ihr Leben bemühte.

„Da ist jemand Lebendiges", begann Laima zu weinen.

„Da ist jemand Lebendiges, ihr Arschlöcher! Verpisst euch!", begann Laima rot zu brüllen. Ihre rote Wut formte sich zu einer widerborstigen Wildsau, die beinahe so groß war wie eine Kuh und so lange zwischen und auf den Samtsitzen wütete, bis alle Zuschauer vertrieben waren.

Laima war so verwundert, dass sie es nicht sofort bemerkte, wie die Angst sich aus ihrem Körper schlich und in Gestalt eines etwa fünfjährigen Mädchens dicht neben ihr stand.

Laima hielt das Mädchen, das sie einst gewesen war, an der Hand und die beiden gingen ganz langsam, da sie das erste Mal im Leben zusammen waren, in Richtung des Wesens, das hinter der Leinwand stand. Eine wohlgesonnene Stille breitete sich vom Boden her aus und erfüllte den ganzen Raum, der in einem zarten Orange des sich ankündigenden Sonnenaufgangs erstrahlte und nach Zuversicht duftete.

Die Figur hinter der Leinwand beendete das Spiel. Während die beiden auf sie zugingen, konnten sie an den Umrissen die geduckte Haltung erkennen: Die Schultern hochgezogen, Kopf nach unten geneigt. Nun richtete sie sich auf, tat zaghafte Schritte auf sie zu - und ein menschliches Wesen trat hinter der Leinwand hervor. Laima kniff ihre Augen zusammen und ihr Körper krampfte eiskalt: Sie erkannte, dass die Schattenspielerin sie selbst war.

Jetzt begann sie durch die Augen der Schattenspielerin zu sehen, ihre Beine kribbelten und der Rücken schmerzte unerträglich, weil sie jahrelang gekauert, gekniet und versucht hatte, endlich dem Publikum zu gefallen. Sie sah sich im Raum um, der ihr so vertraut und gleichzeitig fremd war aus diesem Blickwinkel. Fremd, weil nichts dort ihr Herz wärmte. Sie schaute genau hin: Der Projektor lief, automatisch, und dann sah sie ein altes Grammophon, das immer dieselbe Platte wie von selbst zu spielen schien. Auf der Platte war zu hören, dass sie falsch wäre, dass sie alles falsch machte und ein Nichts wäre. Sie wäre nichts wert, selbst wenn sie sich anstrengte, so wäre das nicht genug, die anderen machten alles viel schöner.

„Schau dir endlich die anderen an, damit du weißt, wie Richtigsein ist!"

Sie war entsetzt, ein Schmerz drang aus ihrem versteinerten Nacken heraus, zerriss ihren schweren zur farblosen Dunkelheit verstaubten Umhang, der von Sehnsucht durchtränkt von ihren Schultern bis zum Boden herabhing. Zum ersten Mal im Leben spürte sie Mitgefühl für sich. Sie sah die Tür, die ihr aus Kindertagen bekannt vorkam, weil sie kein Schloss hatte und auch keinen Türgriff - es war eine alte abgelebte Tür zum Anlehnen.

Sie ging hinaus – barfuß – in ihre Kindheit. Ihr Hund stürmte auf sie zu, sie legte sich auf die Erde und kuschelte sich an den Bauch der alten Katzenmutter heran. Die Welt war da, und sie war in der Welt.

Der Raum wandelte sich in die Bauernstube zurück. Ihre nackten, warmen Füße berührten knarrende Dielen und erinnerten sich an all die Schritte, die sie in ihrer Kinderzeit hier getan hatte. Ihre vom Leben durchfluteten Hände griffen nach dem Vorhang und schoben die Last zur Seite.

Der Flieder blühte, es war wieder Mai und das zarte Violett berührte ihre Wange, während sie das eingerostete Fenster öffnete. Hier kam ihr Mitgefühl für das Zögern auf und sie begann, sich behutsam dem Plattenspieler zu nähern. Jeden Schritt und die Stille dazwischen genießend hob sie schließlich den Arm des Grammophons - und die Nadel erlebte die erste Pause seit vielen Jahren.

Sie lüftete das Haus und begann zu spüren, dass sie daheim war, sie war immer daheim. Und die Welt war ebenfalls da.

Da sah sie eine füllige alte Frau und erkannte ihre Urgroßmutter. Sie setzte sich dazu und half, Äpfel zu schälen. Bratäpfel mit Zucker und Zimt aus Ceylon. Es duftete und sie aßen, und sie lächelten einander an und liebten diesen Augenblick. Es schmeckte und es duftete und es wurde ihnen warm am ganzen Körper.

Der Faden der Glut

Laimas Magen knurrte so lange, bis sie anstelle von Hunger nur noch juckende Anspannung verspürte, und trotzdem las sie weiter: „Komm bei dir an, dann bist du glücklich." Denn Laima versuchte bei sich selbst anzukommen, endlich musste sie fertig werden. Von vagen Erinnerungen begleitet, reiste sie nach innen und schleppte sich mit schwindender Kraft in Richtung der Heimat. Das letzte Stück kroch sie auf aufgeschürften Knien und war etwas erleichtert, als ihre müden Hände einen staubigen Eingang ertasteten. Doch das war kein schmuckes Häuschen, es war eine Höhle. Sie blickte auf und senkte ihren enttäuschten Blick auf ihre schmutzige Kleidung: Das Nach-Hause-Kommen hatte sie sich ganz anders vorgestellt.

Es sollte sich wie eine Party anfühlen, wie ein Willkommensfest mit lauter Musik und Wunderkerzen, es sollte alles da sein, was sie damals zurückgelassen hatte, alle Träume sollten bei ihrer Ankunft in Erfüllung aufpoppen, wie Popcorn im rasch erhitzten Öl, und alle sollten da sein, die sie damals geliebt hatte: Von der schwarz-weiß gefleckten Kuh der Großmutter bis zur alten getigerten Katze und zum Duft der Zimtbrötchen sollte alles da sein. Auch die Nachbarin, die ihr so oft etwas geschenkt hatte, und das Vogelnest in der Höhle des schiefen Apfelbaumes sollten da sein. Auch die Neugier sollte wieder da sein, die immer Wege fand und wie ein Bächlein das eigene Ufer formte, oder die Glut der Lebensfreude, die in allem schlummerte.

Doch sie alle waren fort.

Die Verzweiflung legte Laima behutsam auf der Erde ab, die einst weicher tiefschwarzer Mutterboden gewesen war, doch jetzt war sie nur noch eine dicke, undurchdringliche Schicht aus grauem Pulver.

Aus Laimas Körper glitt jede Spannung ab, und sie begann zu weinen. Sie weinte und weinte, ihre Tränen tropften und versickerten, es begann zu regnen. Aus dem Grau des Himmels regnete es in das Grau der Erde und in das Grau von Laimas staubiger Kleidung. Und diese Wolken, das erkannte sie, waren ihre ureigene Trauer über das ungelebte, über das in all den Kämpfen und Krämpfen vergeudete Leben. Die Trauer begann sich zu strecken und die Erde erweichte, sodass die Regenwürmer zurückkehrten und begannen die Erde zu regen.

Die Erde rekelte sich und Laima richtete sich auf und begab sich in das Innere der Höhle, dorthin, wo einst ihr heiliges Feuer gebrannt hatte, doch da erwartete sie kalte feuchte Asche – und der Kreis aus den Findlingen, die sie damals mit viel Mühe, Zuwendung und Hingabe dorthin gelegt hatte, war von jemandem auseinandergetreten worden. Oder war sie es gar selbst gewesen, als der Schmerz in der Einsamkeit zu reißerisch geworden war?

Sie kniete sich hin und grub mit ihren wie üblich kalten Händen hinein. Der Schmerz des Vergeblichen erschütterte ihren Körper, begleitet von diesem quälenden Gefühl, ihrem elenden Verfolger, der sie einholte, um sie mit ihrer eigenen Stimme zu peitschen:

„Siehst du?! Es war schon wieder nicht genug!

Eine B-Wahre bist du!

Kapier das endlich!

Du musst dich anstrengen,

du musst dich lohnen,

auch hier hast du vergeigt!

Alles ist marode in dir –

verstehst du das endlich?!

So bist du angelegt ...

Du bist zu kurz, du bist zu mickrig, du bist zu du –

so viel Makel kannst du nicht überschminken!

Du bist falsch und du gehst an die Dinge

falsch heran.

Guck doch mal auf die anderen, die finden sich

und werden glücklich, weil sie es blicken, wie das

richtig geht!

Anleitungen! Nicht mal Anleitungen für die ganz Doofen können dir helfen!"

Laima beugte sich schluchzend nach vorne, ihr Entsetzen über sich selbst klirrte im Nacken und ihre Wirbelsäule hielt das Gewicht des schwirrenden Kopfes nicht mehr, so kippte ihr Körper nach vorne und ihr Gesicht landete in der Asche. Merkwürdigerweise erstickte sie nicht daran, die Asche begann zu atmen und Laima hauchte ihr entgegen. Wärme war da, Wärme! Laimas Hände, wie neugeboren, tasteten behutsam die Asche ab, und in der Mitte, aus dem Grund der Feuerstelle, die sie damals mit ihrer grünen Metallsandschaufel ausgehoben hatte, wurde es immer wärmer und wärmer.

Sie grub schneller und sanfter und es glitzerte – drei haselnussgroße Glutstücke, die gar nicht zu heiß waren und funkelten und Laima ein Lächeln ins tränenfeuchte, teils mit Asche beklebte Gesicht zauberten. Es war die Glut des Heiligen Feuers, ganz gewiss, und es war merkwürdigerweise nicht zu heiß, sodass Laima sie in die Hände nahm, in eine Schale, die sie aus ihren Händen formte, wie damals für die winzigen, aus der Regentonne geretteten Käfer. Sie drückte die Glut an ihren Bauch, bis Wärme ihren Schoßraum füllte. Die Wärme des Angekommenseins.

Es fühlte sich still, weich und friedlich an, als Laimas Ohren vom Wind herangetragene Kinderreime vernahmen. Die Wärme breitete sich mit dem Herzschlag über den ganzen Körper aus und Laima verspürte ein merkwürdiges Bedürfnis, das ihre Kehle hinaufstieg. „Feuerholz!", begannen ihre Augen hastig zu suchen, und tatsächlich fand sie an der Wand trockenen Reisig, legte es mit Glut in die Feuerstelle, kniete sich erneut davor und hauchte dem Feuer das Leben ein. Es brannte! Laima staunte, doch sie fragte sich nicht, wie all das möglich war, es genügte zu sehen, dass es geschah.

Die Feuerflammen zeichneten Bilder an der Wand der Höhle. Die Bilder tanzten und erzählten Geschichten, bis Laima einschlief. Am Morgen wachte sie mit den ersten Farben des Tages auf und spürte Hunger; frischen, selbstbewussten Hunger. Und das war etwas ganz Besonderes, denn üblicherweise spürte sie Not, Hetze und Überreizung, wenn sie seit Langem nichts gegessen hatte. Das Feuer war aus, doch große Glut schlummerte in der Asche eingekuschelt.

Laima ging in die Tiefe der Höhle, hielt vor einer zugeschütteten Stelle und ahnte dahinter einen Hohlraum. Sie räumte das Geröll eigenhändig beiseite, das gab ihr ein neuartiges und doch zutiefst vertrautes Gefühl, niemanden vorab um eine Erlaubnis fragen zu müssen, auf den Segen der Mächtigen zu verzichten. Sie folgte diesem Impuls und schlüpfte durch die frei geschaufelte Öffnung, bald meldeten ihre Fußsohlen: Wir haben Vertrauen ertastet.

So kam sie zu einem unterirdischen Raum, der ganz oben durch einen Spalt etwas beleuchtet war. Ein leises Seufzen, von einem sanften warmen Luftstoß begleitet, begrüßte Laima und versetzte sie in Staunen, sodass ihr Nacken wie ein Büschel Vergissmeinnicht erblühte.

Laima fühlte sich an die dicke, warme Kuh der Großmutter erinnert, doch das Wesen, das sie hier aufspürte, war viel größer. Und da lag es, hinter einem weißen runden Stein zusammengerollt - eine schwarz-weiß gefleckte Drachin. Ihr Körper bildete einen Kreis, in seiner Mitte funkelte Glut, wie kostbare Edelsteine.

„Du bist mutig. Du Mächtige, auf deinem Rückweg hast du an Kraft gewonnen", sprach die Drachin zu Laima mit lebendiger, tiefer Stimme.

Angst und Ehrfurcht hielten Laimas Mund im Schweigen, doch ihr Magen fühlte sich in der Gegenwart der Drachin dazu ermutigt, zu knurren. „Ja, unsere Leibspeise", lächelte die Drachin Laimas Bauch an, „komm, die Kartoffeln liegen hinter mir. Irgendjemand wirft sie mir herein, durch den Spalt da oben. Irgendjemand hat mich, die Alte, nicht vergessen", und Laimas Arme zogen den restlichen Körper hinter sich her, die Hände schaufelten die Kartoffeln in die Glut und bedeckten sie – da half ein Stock – mit heißer Asche.

Laima blieb bei der Glutstelle sitzen, lehnte sich an den warmen Bauch der Drachin an. Die beiden schauten in die Glut und in ihren Augen spiegelten sich die Farben des schlummernden Feuers wider. Sie warteten und schwiegen. Doch dieses Schweigen war weich und gemütlich. Bald schon erinnerte der köstliche Duft an das Feuer am Flussufer der Kindheit, er breitete sich aus und verkündete: Die Kartoffeln sind fertig!

„Nur Salz habe ich keins mehr", wurde die Drachin sentimental, als sie mit ihrer Schwanzspitze die Kartoffeln aus der Glut rollte, die Hitze schien nicht nur ihr nichts auszumachen, die Hitze schien sogar ein Teil von ihr zu sein. Sie mampften gierig und genüsslich die schimmernd mehlig aufgeplatzten Kartoffeln mit Schale und mit Asche, die so fein war, dass Laimas Zähne keine Einwände gegen sie hatte. Als sie satt waren, umarmte Laima den dicken Hals der Drachin und diese lehnte ihren Kopf, der so groß war wie der einer Kuh, an Laimas Seite. Eine Wärme der Zuversicht ließ Laimas

Körper erklingen wie ein Cello. Sie stand auf und sprach zum Abschied:

„Das nächste Mal bringe ich Salz und Butter mit."

„Und ich lass den Eingang offen, ich habe Sehnsucht nach der Welt und den Sternen", nickte die Drachin aus Vorfreude.

Der Faden der Selbstannahme

Laima schritt durch das vom tiefen Schnee bedeckte Feld nach Hause, manche Verwehungen waren so tief, dass sie bis zum Bauch reichten.

Von Weitem schon sah sie fremde Menschen, die in ihrem Haus ein- und ausgingen. Als sie kurz vor der Haustür war, wurde sie von einer eilenden Frau überholt.

„Was machen Sie hier, das ist mein Zuhause!", stellte Laima die Eilende zur Rede.

„Wir haben Spaß im Schnee und gehen hier auf Toilette", antwortete die Frau harsch und drängte Laima beiseite, um schneller zu sein. Aber Laima überholte sie, rannte in ihr Haus und zog die Tür hinter sich zu. Diese war jedoch entriegelt und die Frau versuchte die nach außen – das war merkwürdig – aufgehende Haustür aufzureißen.

Laima zog sie mit ganzer Kraft zu sich. Sie zog so kräftig, dass sich das Schloss verbog und durch das Schlüsselloch ein greller orangefarbener Sonnenstrahl Laima zu Hilfe herbeieilen konnte. So zog Laima die Tür mit einem Knall zu und drehte den von innen steckenden Schlüssel um. Dieser Schlüssel war golden. Sie war da. Zu Hause. Das war ihr Zuhause und keine kostenlose öffentliche Toilette für Tagestouristen!

Als Laima aus diesem Traum erwachte, spürte sie, dass sie anders geworden war. Anders. Endlich wieder vertraut. Das Gefühl, für alles, was sie in ihrem Leben machen wollte, erst durch Rückfragen eine Sondererlaubnis erhaschen zu müssen, war verschwunden.

Laima stand mit der Sonne auf, schrieb ihren Traum bei einer Tasse Tee ins Büchlein und beobachtete Farben, die den Tag mit Zauber bekleideten. Dann rührte sie Hefeteig an. Das blaue Schaf hüpfte auf dem Küchenbufett, wirbelte Mehl auf und seine Wolle wuchs zusehends. „Du hast so viel Spaß, das wird wieder ein besonderer Faden", lächelte Laima es an. „Mit Zimtduft", das Schaf kletterte auf die Kaffeemaschine, stellte sich auf die Hinterbeine, nahm das Gläschen vom Gewürzregal und reichte es in Laimas mehlige Hände.

Bald duftete das ganze Haus nach frischen Brötchen, Frieden und Herzlichkeit. Laima breitete eine pinkfarbene Kuscheldecke auf dem Boden aus, vor dem großen Fenster, genau dort, wo sie letzten Winter geweint hatte, und setzte sich bequem hin. Das blaue Schaf und die Katze lagen zusammengerollt in ihrem Schoß und die drei bewunderten die außergewöhnlich voluminösen Schneeflocken, die aussahen wie aus edler Spitze gefertigte Sonnenschirme der Feen, die sich elegant

vom Himmel herabschaukeln. „Wie schön", seufzte es, „die Linde schaukelt im Wind ihre Knospen.
So leicht sieht das aus. Und ihre Knospen träumen
vom Frühling." „Ja", strich Laima eine lange Locke
aus dem Schafsgesicht und legte sie hinter dem
flauschigen Öhrchen ab, „ich spüre, heute pulsiert
Zuversicht in deiner Wolle. Es wird einen wunder-
baren Faden geben." „Ich gehe ein bisschen chil-
len", kündigte das Schaf an, kuschelte sich an Laima
und verschwand. Laimas Bauch fühlte sich in diesem Augenblick wollig wohl an. Ihr Atem wog sich
sicher, friedlich und ganz weich wie die Zweige
einer Trauerweide, deren Spitzen, im Wasser eingetaucht, von der Strömung behutsam und stetig
geschaukelt werden.

Die Wolkendecke war verzogen. Laima ging nach
draußen, wandte ihr Gesicht dem Himmelblau zu
und erwischte mit ihrer ausgestreckten Zunge die
letzte Schneeflocke, genauso wie damals, in den
Wintern ihrer Kinderzeit. Sie schloss im Vertrauen
ihre Augen, die Schneeflocke schmolz so langsam,
so süßlich, dass Laima lächelnd zu weinen begann.
Mit noch warmen, ersten selbst gebackenen Zimtbrötchen in der Hand. Sie biss das Brötchen an und
schmeckte, wie es ist, in der Welt und in sich selbst
zu Hause zu sein. Die Katze kam, streifte das Glück
an den Waden ab und ließ sich streicheln.

Das glückliche Leben
  Schnurrt,
  Dafür braucht es gepflegtes Fell,
  Ganz weich und warm und kuschelig,
  Herausfahrbare Krallen,
  Ganz scharf und selbstbewusst,
  Das passende Futter
  Und frisches Wasser: aus der Dusche,
  aus der Badewanne, aus der Schale auf dem
  Esstisch, aus der Vase
  Und Regenwasser: aus einem Sandförmchen
  der Kinder,
  Streicheln,
  Rauslassen in die Freiheit,
  Reinlassen ins warme Zuhause,
  Spielen,
  Strecken, dösen, träumen,
  Denn:
  Zeit
  Ist da,
  Keine Eile mehr.
  Ich brauche kein Zögern
  Leben
  ***

Das Leben schnurrt und dieses Leben, das ist
meins.

Der Faden des Körpers

Die Erinnerung an ihren letzten Tagtraum von der schwarz-weißen Drachin kam zu Besuch und Laimas Körper wurde ungewohnt geschmeidig und spähte nach kindlicher Beweglichkeit: Sie legte sich auf den Rücken, zappelte mit Beinen und Armen und nach dem Aufstehen streckte er sich von selbst, wie eine Katze, die sich von ihrer Neugier durch den Tag leiten lässt. Die Wirbelsäule fühlte sich an, als ob sie ein warmes Lichtspiel der Glut ausstrahlen würde: einfach großartig, kräftig, aufgerichtet.

Der Klingelton ihres Handys kratzte am Wohlfühl-kokon, der um Laima herum sich zu weben begann. Dröte Drängella war dran – mit ihren professionellen Widerhaken aus metallischen Vorwürfen, ihrem Juckpulver aus Gejammer in bewährter, wasser-unlöslicher Rezeptur und dem Schrecklichsten aus aller Welt, das in ihrem Mund zu knirschenden Scherben zerrieben wurde - ihre Zunge zeigte dabei die Fertigkeiten einer Virtuosin, während sie diese Mischung herausspuckte.

Die Begegnung mit der Drachin im Traum er-mutigte Laimas Nein, sich in der Gegenwart von Dröte Drängella, Laimas langjähriger Freundin, zu zeigen:

„Weißt du, Dröte, ich fühle mich nicht wohl mit diesen schrecklichen Themen, du weißt, ich bemühe mich, überall zu helfen, wo ich kann, wie neulich ... "

„Waas? Du kannst dich doch nicht vor der Wahrheit verschließen oder findest du es etwa gut, dass Kreimers aus ihrem Vorgarten eine Schotterwüste gemacht haben?", keuchte Dröte erbost.

„Mit tut das nicht gut, anzuhören, dass dein Kollege vermutlich seit Wochen nicht mehr duscht und dein Cousin, den ich gar nicht kenne, schon von der dritten Freundin rausgeschmissen wurde und nun bei seiner Mutter wohnt, die dir ihr Leid klagt. Ich kann da nichts machen."

„Weißte, ich weiß gar nicht, worüber ich mit dir reden soll, du bist voll in deiner rosa Blase gefangen!"

„Dröte", Laima spürte zum ersten Mal ein klares Gefühl und kannte seinen Namen: ‚Angst', „mir geht es in letzter Zeit nicht gut, ich habe mich für eine Therapie angemeldet, ich habe wohl eine Depression und ... "

„Und ich dachte, du bist stark! Seitdem du die Kinder hast, dreht sich bei dir alles nur um Windeln, kein Wunder, dass so was kommt. Komm doch endlich mal raus, komm vorbei, wir trinken eine Flasche Wein, in dieser Stadt kenne ich noch keine Leute. Ich bin einsam, du, ich auch. Wie ist es am Mittwoch?"

„Nein, Dröte, ich komme nicht, und ich trinke auch keinen Alkohol", stotterte Laima ihre Wahrheit heraus, und das stotternde kleine Nein nahm zwar langsam, aber mutig die Form weiterer Klarheit an.

„Wie, nein?!", Drötes Empörung nahm die Geschwindigkeit eines Brüllens an, „du weißt doch ganz genau, wie ich dir damals geholfen habe! Ohne mich wärst du jetzt ganz woanders, wo du vergammelst."

Das Nein nahm so klare Formen an, wie Laima es nur aus ihrer Kindheit kannte, statt einer im Nebel verschwommenen Gestalt war die Silhouette eines kleinen rundlichen Tieres erkennbar, doch plötzlich roch es nach einer trägen, klebrigen Flüssigkeit und alles wurde wie gewohnt:

Das kleine Nein zuckte zusammen.

Es erinnerte sich daran, wie es verspottet worden war, wenn es sich getraut hatte, eine ungute Situation mit ganzem Gewicht zu betreten. Dann wurde der Boden von der klebrigen Scham geflutet, bis der feste, selbstsichere Boden aufweichte und zur dunkelgrauen Plörre der Bedeutungslosigkeit gerann. Nicht besonders groß war diese Stelle, etwa einen Meter im Durchmesser, aber sie war bedrohlich, wie das Schwarze Loch, das alles in sich verschluckt.

Nun begann vor Laimas Augen, aber diesmal ganz deutlich, das kleine Nein in der gelartigen Masse zu versinken. Und diesmal griff sie nach ihrem in Starre verfallenen Nein, mit der Hand einer erwachsenen Frau, und zog es am letzten sichtbaren, mit Laimas Herzen verbundenen Zipfel heraus.

Sie nahm ihr Nein zu sich und schützte es in einem muschelähnlichen Gebilde, das sie aus ihren Händen formte. Das kleine Nein war bis zur Unkenntlichkeit mit Scham verschmiert, mit Krümeln der Wertlosigkeit beklebt – und doch pulsierte es.

Da es mit Laimas Herzen verbunden war, pulsierte es immer kräftiger, bis sein Schlag in Laimas ganzem Körper spürbar wurde. Durch das selbstbewusste Pulsieren tropfte die Plörre ab und Laimas Nein gewann seine Bedeutung, seine Form, Absicht und Aufrichtigkeit zurück. Zu ihrer großen Überraschung erhob Laima ihre Stimme und fragte Dröte:

„Also, wie? Mein Nein, mein ureigenes Nein wird hier nicht akzeptiert? Wird gelähmt, beschämt, ertränkt?! Wie viele Neins schnappen in dieser Plörre, die du Freundschaft nennst, nach Luft?! Schnappen so, dass ich meine Asthmaanfälle bekomme?!"

Dröte war immer noch dran, und da sie nur lose, bissige Wortfetzen herauskeuchte, war sie wohl richtig schockiert.

Laimas kleines Nein war sicher in ihrem Körper zurück, doch sie selbst hatte rasende Angst, ihr Zwerchfell schmiss einen Kälteapparat an, das zuckende Zittern verteilte sich im ganzen Körper. Nur ihre Augen und ihre stramme entschlossene Wirbelsäule erschufen ein Feld um sie herum, dass die bissigen Schuldbiester, schlabbernden Schamwürger und radierenden Kleinmacher sich krümmten, sich einrollten und verblassten, bis sie vollkommen verschwunden waren.

Laima kniete sich hin, beugte sich über dieser dunkelgrauen Plörre und steckte furchtlos und entschlossen ihre linke Hand hinein. Ausgerechnet die Linke, die sich so oft anhören musste, sie sei nicht das „schöne Händchen". Die Macht schaltete sich ein und schoss Adrenalin in die Blutbahn! Zum ersten Mal in ihrem Leben machte sie ihre Hände für sich selbst schmutzig und begann zu tasten. Zweifel huschten und zappelten um sie herum: Ob sie jetzt ebenfalls von der unendlichen Haltlosigkeit aufgesaugt würde?

Würde sie hineinfallen und sich für immer verlieren? Doch die Zweifel wurden mit jedem Herabtasten der Grube kleiner und ruhiger und dann kuschelten sie sich an Laimas warmen Nacken heran. Als ihr Arm beinahe bis zur Achsel in der Pampe eingetaucht war, ertastete er zu ihrer Überraschung, die er an den restlichen Körper feierlich verkündete, einen festen Boden.

Die Achsel meldete sich mit scharfem Schweißgeruch, sie habe Todesangst, immer schon davor gehabt. Laimas Nase erinnerte sich an diesen Geruch, den Laima vergeblich zu verstecken versuchte, wenn sie in einer unerträglichen Situation verstrickt und gefangen war. Sie war darin geübt, ihr Unwohlsein zur eigenen Sicherheit zu verheimlichen: die feinen Tastantennen nach außen gerichtet, einfühlsam die Launen Anwesender abtastend, sich zuvorkommend verleugnend, damit es schneller vorüberginge und der Schaden nicht lebensbedrohlich ausfiele.

„Was nun?", fragte sich der Arm, „ist es gut oder schlecht oder töricht, hier abzutauchen?"

Die Lunge atmete zum Zwerchfell warme Zuversicht. Das Zwerchfell beruhigte sich und erlaubte der Lunge, noch mehr Luft zu holen. Und die Lunge tat es – sie holte unverschämt viel Luft, bis Laimas Bauchdecke sich wohlig erhob, und die Achseln beruhigten sich. Ihr warnender Geruch war noch da und bekam endlich Bestätigung und Dank für seine jahrelange treue Arbeit.

Laimas Hand mit der vollen Fingerkuppen-Empfindsamkeit voraus tastete die Wände der Grube ab. Dieses aufgeweichte Becken war wohl jedes Mal dasselbe, wie der Trick einer boshaften Zauberei: Sobald ein Nein den Boden berührte, verwandelte flüssige Scham den Boden in Pampe und verschwand erneut in der Trickkiste, sobald das Nein darin versank.

Laimas Fingerkuppen – keinesfalls ist das Zarte schwach! – tasteten den Boden und die Wände ab, ertasteten einige Winkel und dort, ja, ausgerechnet dort vernahmen sie die zarte, schwache Bewegung eines Kleinen, packten das Kleine, kastaniengroße Etwas und zogen es heraus.

Es war noch ein Nein! Ein im Moder versenktes, zwar unter Wasser atmendes, aber dort in der Plörre mit Ersticken kämpfendes Nein.

Das kleine Nein erinnerte Laima an einen der winzigen Frösche, die sie als Kind geliebt hatte und die diese verfrorenen Waisenkinder an ihren Bäuchen wärmten. Dieses Nein war ein froschähnliches Wesen, das auf dem Land wie unter Wasser atmen konnte, doch sein Dasein in der Gefangenschaft im Schlamm nur fristete, gar daran erkrankte.

Laima wurde es schwindelig. Als sie zu sich kam, schaute sie an sich herunter und erschrak voller Bestürzung: Das Moderloch, in dem sie tastete, war auf ihrem Bauch.

Eines nach dem anderen barg sie die Neins aus ihrem Bauch: manche nach Luft japsend, manche mit verbogenen Gliedern, manche gar vereitert und nach Selbstaufgabe stinkend.

Als Letztes zog sie eine erdkrötenähnliche Gestalt heraus, die zitternd vor Freude ihre Augen sauber weinte und auf Laimas linker Hand sitzend mit wässriger Stimme sprach:

„Ich bin die Mutter der Neins, doch ich wurde hier versenkt, bevor ich sie lehren konnte, ihre Gestalt zu wechseln: von kleinen Fröschen, die in leichter Selbstverständlichkeit erscheinen, bis zu Kröten, die sich vor Unverschämtheit mit Flüssigkeit wehren, und wenn auch das nicht akzeptiert wird, bekommen wir Stacheln, wie Igel, und gehen. Und falls der Feind die Verfolgung aufnimmt, schwellen wir zu Stachelschweinen an. Und wenn diese Grenze nicht akzeptiert wird, drehen wir uns um und schießen ein paar Stacheln ab. Diese halten jeden zurück, sogar die törichte Hyäne."

Obwohl, oder gerade weil die Kröte kein in einen Frosch verwandelter Prinz war, küsste Laima den Nacken dieser treuen Freundin, streifte die Plörre ab und legte sie in ihrem Herzen ab, wie alle anderen geretteten Neins. Vom Herzen aus fragte die Neinmutter:

„Laima, erinnerst du dich an die unsichtbaren giftigen Pfeile der Leute, die deine Neins versenkt haben? Erinnerst du dich, wie diese Pfeile in deiner Brust steckten, und keinem konntest du sie zeigen? Oder beschreiben? Und wenn deine Töchter an diese Pfeile herankamen? Tat es dir nicht weh und du brülltest vor Schmerz? Du brülltest sie an, nicht deine Peiniger. Unschuldig du bist, daher ist jede Mühe um Vergebung und Sühne nur Last."

Während Laima weinte, lauschte und schwieg, fuhr die Kröte fort:

„Wir werden dir helfen, du wirst erkennen und dich schützen und für deine Werte einstehen. Jetzt, von Klarheit behütet, kannst du aus dir heraus keimen, erblühen, gar schlüpfen wie ein Vogel, der sich von der Fülle des Lebens ernährt und fliegt. Ganz, wie deine Natur sich zu zeigen vermag. Geduld wird dir frische Luft oder auch Wasser zufächern, so wie du es brauchst. Und wenn du die formwandelnden Neins deutlich zeigst, befreist du deine Haut von dem vergeblichen Versuch zu flüchten, indem sie sich schält wie ein gefangenes Tier, das versucht, kleiner zu werden, um durch die Gitter fliehen zu können."

„Und für Dröte & Co. bin ich spätestens ab der Nein-Stufe ‚Kröte‘ ungenießbar“, lachte Laima, und der Schmerz verließ ihr Gesicht, damit Zuversicht erstrahlen konnte.

Laima blinzelte und bekam so etwas wie Höhenangst, weil ihr auffiel, dass sie erwachsen war. Als sie ihr Handy wieder ans Ohr legte, hörte sie das befreiende Signal: Dröte hatte aufgelegt. Sie rief auch nicht mehr an.

Laima kehrte in die kostbaren Tiefen ihrer selbst zurück, deren Zugang sie in der Kindheit aus Sicherheitsgründen verschüttet und in der Jugend verlassen hatte, um diesen Standort geheim zu halten. Dann verlief sie sich in den Nebeln, die aus Vorstellungen anderer künstlich erzeugt waren, verfing sich in den Verlockungen der Möglichkeiten, endlich die Bestätigung „du bist richtig“ zu erlangen, so, als ob das ein Diplom wäre, endlich von etwas Lebendigem, Warmem, Echtem, Ehrlichem und Beständigem in die Arme geschlossen zu werden. Arme, die ihr auch die Freiheit des Himmels schenkten. So radierten sich mit der Zeit ihre Erinnerungen an ihre ureigenen kostbaren Tiefen aus – nur eine aufgeraute, schmerzende Stelle erinnerte sich noch daran, dass sie etwas Wichtiges wiederfinden musste.

Jetzt war sie da. Und erbaute sich im Reich ihres Herzens ein Zuhause.

Ihr inneres Heim war erblüht und keine Reue war da, warum sie nicht gleich alles so gemacht hätte, warum erst jetzt? Was wäre, wenn sie das schon früher geschafft hätte?

„Ich habe keine Vergangenheit, die ich hinter mir lassen muss, um etwas Neues zu wagen. Denn das ist nicht meine Vergangenheit, das ist meine Biografie! Ich nehme sie an und würdige meine Wege", sprach Laima stolz zu sich.

Und dieser Stolz war jener Stolz der Entfaltung, der keinem Vergleich unterliegt. Und plötzlich kribbelte Freude in jeder Körperzelle und Laima erklang wie eine Symphonie:

„Ich bin in so vielen Lebensthemen kompetent, ich habe Arme voll zum WeiterREICHen: Frausein, Mobbing zurücklassen, erblühte Hochsensibilität, zurückgewonnene Linkshändigkeit, umarmtes Trauma, aufgelöste Verstrickungen, wiederbelebte Kreativität, der Klang der Stille, Großziehen (das reicht aus!) von Zwillingen, Adoptieren von Kätzchen, Schönheit genießen, Grenzen achten, Freude am Spielen wiederfinden, Poesie des Augenblicks, Magie des Alltags, endlich gelungene Zimtbrötchen, improvisierte Schaukel ... "

Erst jetzt erinnerte sie sich daran, was ihr Schatz und ein paar wohlwollende Menschen ihr schon lange zusprachen:

„Guck, dass es dir gut geht! Geht es dir gut, geht es den Kindern gut, geht es allen gut."

Jetzt sah Laima es ein, erinnerte sich daran, wie sie sich selbst und mit der Hilfe von Dröte & Co. (sie hatte eine ganze Horde angefüttert) ganz hart zur Rede stellte:

„Gucken, dass es mir gut geht? Bei all den Schrecken auf der Welt? Bei all meinen Fehlern und Misserfolgen? Bei den kippenden Wäschekörben und Geschirrbergen trotz Spülmaschine? Ich strenge mich schon an, richtig zu sein. Stimmt", streichelte Laima sich selbst an den Schultern und Oberarmen, „für wen diese Mühe? Für die ,anderen', die mich begafften? Deren Akzeptanz ich zu erklimmen versuchte wie eine glitschige, verfallende Mauer? Wie konnte ich zu einer Nacktschnecke schrumpfen, die vergessen hat, wie es ist, ein Rückgrat zu haben? Die ihre lebensnotwendige Flüssigkeit bei dieser Reise verlor und nichts bewirkt, als den Schleim in Richtung einer Höhe zu hinterlassen, auf der kein Grün auf sie wartet? Immer wieder. Woraus speiste sich diese Beharrlichkeit? Was sollte ich? Aufgeben? Das tat weh, wenn ich meinem Herzschlag, meinem Selbstwert hätte sagen müssen, ihr habt euch vergebens bemüht – das Grüne, das ihr erreichen wolltet, gab es bei diesen ‚anderen' nicht. Ja, die anderen lockten mich und leckten hinterher gierig meinen Schleim und überfraßen sich daran. Und ich? Schloss die Augen. Es war kein Versagen, dass ich das Grüne nicht erreicht habe. Muss ich es mir gestehen, dass ich dumm war? Wäre es klug gewesen, weiterzumachen, nur um zu vermeiden, als dumm dazustehen? Ausgerechnet vor den ‚anderen'? Was war das, was ich damals gerochen habe? War es das frische Grün? Oder war es doch nur eine Erinnerung, die so ähnlich klang?"

Jetzt erinnerte sich Laima an die Verlockung und der Wind brachte ihr ein Gedicht:

Das verführerisch süffige Flüstern

Vom Grün

Ist nicht das Grün,

Nach dem du dich sehnst.

Dein Grün, nach dem du suchst,

Dein Grün,

Unser Grün,

Es sprießt verwurzelt

Aus der Erde.

Dein Grün, nach dem du suchst,

Verschenkt sich aus der Fülle.

Das verführerisch süffige Flüstern vom Grün

Betört und vernebelt galant.

Und sein Preis? Er verlangt
Dein Ja zur Freude, deinen Mut zum Schmerz,
dein Nein zum Leid.
Es sabbert danach.
Es frisst es auf.
Dein Ja zur Freude, dein Mut zum Schmerz,
dein Nein zum Leid.

Laima begann zu weinen und weinte ihr ausgetrocknetes Mitgefühl wieder aus.

„Ich wurde geködert, ich wurde manipuliert, weil ich glaubte, das Grün dürfte ich nicht selbst pflücken, ich glaubte, ich bräuchte Vermittler, Begleiter über irgendwelche Schwellen ins Grüne, die Schwellen, die es gar nicht gibt! Wo sind in der Natur Schwellen? Jahreszeiten kommen schleichend, manchmal stolpernd, und so manche Gartenrose ist eine Nachzüglerin, erblüht im Spätherbst. Aber Schwellen gibt es nicht! Wie Atem, mal tief, mal flach, mal angehalten, aber Schwellen zwischen den Atemzügen?! Verdammt! Die gibt es nicht! So viele Jahre …

Heute ist ein guter Tag, um meine Selbstvorwürfe zu beerdigen", sagte Laima zu sich und ging in den Garten hinaus.

Unter der Felsenbirne beerdigte Laima sie alle und guckte nicht zu den neugierigen Nach-

barn hinüber, wenngleich sie einen Gedanken ver-
schwendete, ob es für sie nicht zu komisch aussähe,
wie sie da, barfuß im Schnee, mittags, immer noch
in rosa Pyjama, die Hände in die Erde steckte und
in der von der Vorfrühlingssonne aufgewärmten
Erde Mulden ausgrub und etwas Unsichtbares mit
lautem Spruch ‚auf Nimmerwiedersehen in dieser
Form!' beerdigte.

„Meine Füße, ihr habt mich bis hierher getragen",
flüsterte Laima ihren Füßen Dankbarkeit zu, während sie mit warmen Händen über ihre Fußsohlen
strich.

„Jetzt bereite ich euch ein Fußbad in der Puppenbadewanne, mit Magnesium und Rosenwasser."

„Ach, nein, für uns brauchst du es nicht zu tun",
gaben die Füße Widerworte. Laima eröffnete ein
Klärungsgespräch:

„Aber für eine treue echte Freundin nach langer
Reise? Würdet ihr das für sie holen?"

„Ja, natürlich, auch das weiche geblümte Hand-
tuch und noch die Kerze würden wir holen."

„Dann bekommt ihr das alles und eine Ölmassa-
ge dazu."

„Das mit dem betörenden orientalischen Duft?
Für uns? Unter der Woche?"

Die Füße genossen das Bad, wurden mit duftendem Öl massiert und bekamen frische Kuschelsocken. Jetzt war Laima ganz angekommen.

Und dann tanzte sie los! Sie tanzte frei! Sie tanzte wild und das blaue Schaf tanzte genauso, und das kleine Mädchen, das sie einst war, tanzte ihre Pirouetten mit Drehungen, die frei waren vom Kummer. Sie tanzten und ihre Freude wirbelte all die Fäden auf, die Laima aufgesammelt hatte. Und wie von selbst webte sich daraus ein schimmernder, aus ihr heraus sich selbst webender Umhang, den man Aura nennen könnte, oder Selbstwert? Selbstachtung? Gar Selbstliebe? Ob der Name wichtig ist? Sie spürte, dass all das ihres war und zusammen genommen einen unentbehrlichen Klang in der Symphonie der Erde erschuf.

Es wurde gemütlich.

Das Leben schmeckte nach menschlicher Umarmung.

Es roch vertraut.

Nachtrag
Sommer. Ein paar Jahre später

Nachdem der Bach damals, auf seiner Weiterreise zum Meer, zum dunkelblauen Strom geworden war, der leise und langsam in seiner mächtigen Kraft floss und damit die Landschaft mit Windungen und Schleifen schmückte, trug Laima die Fülle der Sommerbeeren in ihrem Herzen nach Hause.

Ein paar Sommer später, da ließ die Dankbarkeit Laima an diese Stelle zurückkehren. Von dort aus folgte sie dem Ufer, bis sie auf eine Sandstelle traf. Sie ging hin und berührte mit ihren nackten Füßen, die bis zu diesem Tag so vieles erspürt und ertastet hatten, den weichen Sand. Die Sandbank sah so aus, als ob sie gerade eben für das Wiedersehen angeschwemmt worden wäre – denn unter der zarten Schicht des feinen, warmen Sandes war die darunterliegende noch feuchte, fruchtbare Erde zu spüren.

Sie schritt darauf und ihre Füße hinterließen ganz besondere Abdrücke. Sie kniete nieder, grub ihre Hände in die sandige Verspieltheit hinein, dann legte sie sich auf den Rücken und sah den Wolken zu, die in dieselbe Richtung zogen wie der dunkel-

blaue Strom. Ein wohliger Duft ließ sie wieder aufstehen.

Es roch nach Freiheit, die ihr eine Möwe aus der
Ferne zurief. Laima breitete ihre Arme aus und begann zu flattern, wie ein Vogel, der sich in die Luft
erheben will. In diesem Augenblick spürte sie, dass
ihr altes Sommerkleid ihre Bewegungen einengte.
Eigentlich war es bereits beim Kauf etwas zu eng
gewesen.

„Mein Kleid, meine alte Schutzhülle, danke dir, dass
du mich in Sicherheit gehalten hast. Ich bewegte
mich in dir sehr vorsichtig und bedacht", streichelte Laima das Kleid und zog es aus. Kaum hatte es
die Erde berührt, verwandelte sich das Kleid in
Hunderte Marienkäfer. Laima sammelte sie behutsam ein und ließ sie über ihre in die Luft gestreckten
Hände fortfliegen.

„Käfer! Wünscht euch etwas – und mögen eure
Wünsche in Erfüllung gehen!", lächelte Laima
ihnen hinterher.

Plötzlich spürte sie einen Ruf in sich, der nach
außen schallte, sie richtete sich auf allen Vieren auf,
wie das brennend an der Welt interessierte Klein-

kind, das sie einst gewesen war, und krabbelte los, sie krabbelte los in das Wasser, ihre Waden und Handgelenke wurden von dem Element umspült, ja, umarmt und liebkost, und als das Wasser ihren Schoß berührte, glitt sie ins Wasser wie ein elegantes Urzeittier.

Sie tauchte ab und konnte atmen. Sie konnte atmen?!

Sie konnte atmen, weil sie soeben in sich selbst abgetaucht war. Sie breitete ihre Arme aus, ihr langes Haar berührte die Seerosenstiele – ob sie in Flüssen wachsen oder nicht, sie hat sie berührt!, und daher waren sie da, diese Seerosen, aus den Tiefen der Seele stiegen sie auf, mit dem nährenden Samtschwarz der Erde verwurzelt.

Laima wurde zum Wasser, das sich daran erinnerte, wie es war, einst zum nützlichen Kanal zubetoniert und begradigt worden zu sein, und sie war der mächtige Strom, der wusste, dass er die Kraft besaß, die Wände des Kanals zu verlassen.

So floss sie, von Wasservögeln umspielt und von Wolken begleitet, in eine Richtung, die sie selbst war. Laima veränderte sich, wurde ausladender, breiter und flacher. Doch die Tiefe ihrer Geschichte trug sie im Dunkelblau bei sich und sie ergoss sich in ihr eigenes Delta am Kiefernwald.

Es roch nach Heimat, salziges Meerwasser kam ihr zuvor und sie umarmten sich. Die Wellen erinnerten Laima an das uralte Bedürfnis, auf mütterlichem Schoß geschaukelt zu werden. So berührte ihr Traum, der eine Erinnerung war, die Wirklichkeit – Laima mündete ins Meer.

Sie ging auf in einer Umarmung und blieb das Wasser, das sie war, und schaukelte, bis sie sich im Selbst entspannte und zur Welle wurde. Bald schaukelten Möwen auf ihrer Haut, sie schaukelte zurück und es geschah: Der Möwenschwarm erhob sich und flog hinauf mit einem Geschrei.

Laima schrie auf, es war ein Schrei der Glückseligkeit! Es war ein Schrei der Zuversicht, vom Leben immer getragen zu werden. Der dritte Schrei war die Leichtigkeit einer Möwe, und sie hoben gemeinsam ab. Der Wind gab den Auftrieb, und sie flog! Sie blickte herab auf das Meer, umkreise ihr Flussdelta am Kiefernwald, und dann staunte sie über unzählige Flüsse, die im Meer mündeten, und sie sah Möwen, die aus den Wellen auftauchten, in den Himmel schossen, zu den Wolken, ihren treuen Begleiterinnen.

Der Wind wehte Erinnerungen vor ihre Augen, Erinnerungen an den Schneetanz, an Eis und den Nebel, der von feuchter Erde aufstieg, an die form-wandelnden Wolken und jeden Tropfen im Regen-guss, an das Rinnsal und die Stromschnellen, die in ihren Adern pulsierten. Die Möwen kreisten, tauch-ten und schrien vor Entzückung über in Erfüllung gegangene Träume.

Doch Laima wollte wieder landen, dort am ein-samen FKK-Strand, neben den Dünen, die sich bis an den Kiefernwald erstreckten. Und sobald sie den Boden mit Füßen berührte, war sie wieder Menschenfrau.

Nackt legte sie sich auf den Bauch auf den warmen Sand und bettete ihren Kopf auf eine Düne, die wie ein Kissen dalag, von Gräsern umspielt. Während der Spätsommerwind ihre Haut streichelte, spiel-ten das Meer, die Möwen und der Wind eine Sym-phonie. Die Nachmittagssonne streichelte sanft und mutterwarm ihre heile Haut. Sie schlummer-te, grub ihre Hände, Füße, Wange in den Sand und war fast eingeschlafen, als sie rennende, hopsende

Schritte hörte, als ob vergnügte Ponys in ihre Richtung angaloppiert kämen.

„Mama, da bist du ja! Wir haben dich!", riefen ihre dreijährigen Töchter fröhlich und liefen den Dünenweg herab.

„Seit wann suchen sie mich?", fragte sich Laima und dann fiel ihr doch ein, dass sie Verstecken spielten. Die Kleinen umarmten ihre Mama und es war so, als ob sie sich das erste Mal ihren Kindern und der Welt ganz gezeigt hätte.

Ihr Schatz folgte den Töchtern, setzte sich neben sie, berührte ihr feuchtes Haar, das bemerkenswert lang und in sanften Strähnen geformt war, wie Seegras. Und eine schneeweiße Seerose war im Haar verfangen. Als hätte Laima sich das kleine Beweisstück mitgebracht, dass diese Geschichte keine bloße Fantasie war.

Er streichelte ihr Haar, ihre linke Schulter, reiste mit der Handfläche dann den Arm hinunter und berührte ihre Hand.

„Geht's dir gut?", fragte er, obwohl er die glückliche Antwort vor sich sah.

„Geht es dir gut, geht es den Kindern gut, geht es uns allen gut", lächelte er, als er sah, dass das, was er ihr immer zugesprochen hatte, in Erfüllung gegangen war. Nun waren sie alle nackt und tobten und badeten und ein übergroßer tapsiger weißer Welpe mit pinkfarbenem Halsband gesellte sich zu ihnen.

Sie waren am Strand, der wirklich ein Geheimtipp war – am Übergang vom FFK- zum Hundestrand – viel Platz, viel Freiheit und entspannte Menschen, die bei sich waren.

Ab diesem Augenblick wurde das Leben zum Leben.

„Wie, muss ich meine Vergangenheit nicht hinter mir lassen? Das ist nicht meine Vergangenheit, das ist meine Biografie. Mit vielen Geschichten, Fertigkeiten und Kompetenz!", kicherte Laima und suchte die Picknickdecke auf, die in der Nähe war. Dort, aus der Tasche, die mit Kinderkleidung und sonstigem Wichtigen überfüllt war, holte sie ihr Journal, strich die Kekskrümel ab, blickte lächelnd zum Horizont, wo Wellen den Himmel berührten, schlug eine neue Seite auf und begann ihr erstes Buch zu schreiben:

„Es war ein dunkler Winterabend."

Danke allen, die ihre Lebendigkeit
wiederentdecken.

Inhalt

Impressum

Die Deutsche Nationalbibliothek verzeichnet diese Publikation
in der Deutschen Nationalbibliografie; detaillierte Daten sind im
Internet über https://portal.dnb.de/ abrufbar.

Milda Pretzell

1. Auflage 2021
ISBN Paperback 978-3-347-38031-8
ISBN Hardcover 978-3-347-38032-5
ISBN E-Book 978-3-347-38033-2

Buchcoach und Editor
Monika Stolina | Verlag SONNENTOCHTERedition

Covergestaltung, Innendesign und Umsetzung
Michaela Weber, Leipzig

Bildnachweis Umschlag
Foto: Muse aus Litauen | pexels/adrianna calvo

Verlag & Druck
Tredition GmbH | Halenreie 40–44 | 22359 Hamburg

FSC
www.fsc.org
MIX
Papier | Fördert
gute Waldnutzung
FSC® C083411

Zeitfracht Medien GmbH
Ferdinand-Jühlke-Straße 7
99095 Erfurt, Deutschland
produktsicherheit@kolibri360.de